# ESTAR VIVO MACHUCA

## AS MELHORES CRÔNICAS DE
## Ricardo Araújo Pereira

APRESENTAÇÃO
Tati Bernardi

SELEÇÃO
Gustavo Pacheco

SÃO PAULO
TINTA-DA-CHINA
MMXXI

# SUMÁRIO

# O RASCUNHO DE UMA VIDA

–

Tati Bernardi

Ricardo Araújo Pereira não sabe, mas todos os dias é citado no grupo de WhatsApp dos cronistas e colunistas da *Folha de S.Paulo*. Nós, mulheres, jamais o esquecemos, pois somos obliteradas por essa mistura gloriosa de humor, inteligência, formosura e extrema gentileza. Já os homens (*spoiler*: ainda há esperança para o mundo) o recordam com certa obsessão pelos exatos mesmos motivos das mulheres. Se bem que nunca convidamos Ricardo, que é o melhor cronista da *Folha*, para pertencer ao nosso grupinho e agora já não sei se é possível gostar tanto dele assim; somos humanos.

Durante a Flip de 2014, eu estava no jantar que celebrava a vinda de RAP a Paraty quando minhas batatas fritas vieram cozidas. Eu, que surpreendentemente estava em um dia muito devoto para exigir qualquer reparo, já estava prestes a engolir os tubérculos de hospital junto com meu choro quando Ricardo, do outro lado da mesa, ainda que embebido pela adoração de amigos, fãs e familiares, olhou fixamente pra mim e disse PARE. A mesa silenciou. E, com toda a elegância e educação possíveis, esse ser muito alto lutou pelas minhas batatas fritas. Que feminista, em sã consciência, diria "Eu sei conseguir meus próprios carboidratos ruins, homem!" diante da delicadeza singular desse gigante (em todos os sentidos) disposto a enxergar a aflição do outro, disposto a uma parceria de angústias mesmo quando se trata de um desalento pífio, reles e com excesso de gordura?

E por que estou me colocando neste texto quando deveria, exclusivamente, falar desta compilação primorosa com as melhores crônicas do RAP, editada pelo genial escritor Gustavo Pacheco? Recentemente fui aluna de um curso de crônicas do Ricardo e gostei demais quando ele corroborou três máximas que trago comigo há tempos: falar de si com humor é falar de todo mundo; a besteira pode ser a coisa mais séria do mundo; eu sempre falo sério porque a piada é séria.

Finda a parte que exibo minha amizade com o autor português, agora quero destacar algumas das preciosidades que você vai encontrar em quase todas as narrativas de Araújo Pereira. Mas antes uma última digressão: tenho uma preguiça tremenda de respeitar essa regra da boa escrita, que nos manda usar a nacionalidade e o sobrenome de alguém, pra não ficar repetindo demais o primeiro nome da pessoa em um texto. Acho que o português Araújo Pereira me entende, pois tem lá uma vasta lista de engulhos.

Por exemplo, ele não se conforma quando escuta alguém dizer que fulano é seu amigo pessoal: "E você por acaso tem algum amigo institucional ou impessoal?". O português também cisma com quem diz "pessoa humana" e ameaça passar a chamar Fernando Pessoa de Fernando Pessoa Humana. Por fim, nosso querido Araújo Pereira também tem ranço de quem lança "meus sentimentos" em um velório: "Sim, o que tem seus sentimentos? Esqueceu-se do resto da frase?".

Ricardo é um dos cronistas que hoje melhor transformam ideias aparentemente chistosas em profundas elucubrações sobre a natureza humana: "Quando admitimos que são os filhos que dão sentido à vida, estamos a dizer que a vida deles não tem sentido, pelo menos até eles terem filhos. Ou seja, geramos uma vida sem sentido para dar sentido à nossa. Não parece correto".

Vibro quando ele desmonta assuntos pesarosos e, consequentemente, desmonta também a nossa expectativa de seriedade diante deles: "Um apoiante de ditaduras lamentando censura é como um apreciador de pornografia lamentando nudez".

RAP só se permite ser o sagaz tirador de sarro de vidas alheias quando antes (todo escritor precisa ser amado) toma o cuidado de desfilar sua infinita capacidade para o autodeboche: "Pela minha parte, mais depressa me suicidaria se o mundo me compreendesse. É bom não esquecer que o mundo compreende perfeitamente, digamos, Michel Teló. Mas ainda hoje o mundo está para saber o que é que Shakespeare queria dizer".

Meus textos preferidos são os que oferecem um novo olhar para a obra consagrada de grandes pensadores (o que é sempre um risco porque o mundo inteiro já fez isso). Sobre o complexo de Édipo de Freud, diz: "Parece que qualquer garoto nasce com vontade de assassinar o pai e casar com a mãe. São estranhos, os valores desse pequeno cidadão. Por um lado, respeita o instituto do casamento; por outro, não se incomoda com homicídio e incesto". E ainda conclui que, se Freud assistisse às novelas brasileiras em vez de ter sido um leitor de tragédias gregas, teríamos o "Complexo de Tarcísio Meira".

RAP, que praticaria mais a luxúria não fosse preguiçoso (eu amo o texto em que ele diz que um pecado anula o outro), que acha extremamente poético quando políticos brasileiros compram silêncio, que quando esteve em um *brunch* voltou pra casa em dúvida se tomou café da manhã de mais ou almoçou de menos, que já encontrou o seu verdadeiro eu e não se interessou em ficar amigo dele, que compara um humorista a uma mosca, pois ambos são supérfluos, irritantes e fascinados por tudo que é podre, que desconfia de super-heróis porque nunca os viu fazendo cocô e que acha aviltante como as boas pessoas magoam os outros quando morrem, chama as crônicas que você lerá a seguir de "rascunho de uma vida" e sonha com uma outra chance na Terra, na qual poderia passar tudo a limpo. Fica aí este combinado, Deus: se ele e as minhas batatas tiverem outra chance eu até topo nascer de novo, mas que seja em Portugal (mesmo o Carnaval lá sendo no inverno chuvoso e a probabilidade de ficar gripado sendo muito maior do que a de fazer sexo, palavras do português Araújo Pereira, amigo pessoal e pessoa humaníssima).

# ESTAR VIVO
## MACHUCA

# LAVA JATO LAVADA A JATO

Quando Jair Bolsonaro disse que tinha acabado com a Lava Jato, muita gente hipócrita e maldosa começou a acusá-lo de ter dito que tinha acabado com a Lava Jato. É impressionante como a imprensa consegue distorcer as palavras de uma pessoa. Por isso, no dia seguinte, o presidente achou-se na obrigação de vir esclarecer as suas declarações, para evitar mal-entendidos: a Lava Jato continuaria, claro, e só ia acabar para ele e para os seus amigos, uma vez que nenhum deles era corrupto. Não poderia haver melhor prova da honestidade e lisura de Bolsonaro do que esta medida anticorrupção. Corrupção seria manter a Lava Jato onde ela não é necessária, desperdiçando os fundos públicos e o tempo das autoridades. Lavar o que já está lavado é desperdiçar água, sabão, e desgastar o material que se lava sem necessidade. Se nenhum membro do Executivo é corrupto, manter a fiscalização seria a demonstração clara de que o governo seria corrupto. O povo não entenderia essa flagrante contradição, e talvez saísse à rua para protestar com violência. As pessoas estão fartas do excesso de fiscalização da corrupção no Brasil. Como todo o mundo sabe, há duas maneiras de viver numa casa sem baratas. Uma é acender a luz da cozinha e matar todas as baratas. A outra é nunca acender a luz da cozinha. A segunda é muito mais tranquila.

Outra vantagem deste processo é o fato de as autoridades terem sido informadas por uma fonte com credibilidade. Quem comunicou às autoridades que o governo não era corrupto foi o governo. Quem melhor do que o governo para saber se o governo é corrupto? Essas coisas sabem-se logo. Se o governo fosse corrupto, o governo seria o primeiro a saber. E este método inovador de investigação traz outros benefícios, uma vez que resolve os tradicionais problemas de morosidade da justiça. É muito fácil e rápido. Basta perguntar às pessoas.

— O senhor é corrupto?

— Não.

— Então boa tarde e desculpe o incômodo.

O sonho de um Brasil sem corrupção está cada vez mais perto. Sublinho a palavra sonho. Quando se acorda, não garanto nada.

# CARTEIRA DE PELE DE SENADOR

Uma semana depois de Bolsonaro ter decretado o fim da corrupção no governo, o vice-líder do governo no Senado foi apanhado pela Polícia Federal com 33 mil reais na cueca. A descrição da apreensão do dinheiro pelas autoridades é impressionante. Num primeiro momento, o delegado Wedson, um agente intrépido que merece o reconhecimento da República, identificou um volume estranho na cueca de Chico Rodrigues e, sem pensar duas vezes na sua integridade física e psicológica, decidiu empreender uma busca pessoal à cueca do senador, no decurso da qual apreendeu 15 mil reais. Após essa primeira busca, os agentes perguntaram ao senador se ocultava mais dinheiro, e ele, com alguma irritação, enfiou a mão na cueca e retirou mais 17.900 reais. Perante esta nova descoberta, a equipe policial resolveu fazer nova busca pessoal, localizando e apreendendo mais 250 reais. Vários problemas se levantam, a propósito deste incidente: primeiro, não devemos precipitar-nos para a conclusão de que o dinheiro, por estar escondido na cueca, tem origem ilícita. Acredito que, quem nunca guardou 33 mil reais na bunda (um número muito reduzido de pessoas, imagino), vai passar a guardar. A bunda tem todas as características das melhores e mais sofisticadas carteiras. É de pele, logo para começar. Está localizada num lugar de difícil acesso para os ladrões.

É muito improvável que a gente a perca ou esqueça algures. Além disso, também se colocam algumas questões de ordem prática: de que tamanho era a cueca de Chico Rodrigues? Quão vasta tem de ser uma área para que uma equipe de policiais não consiga encontrar 17.900 reais sem ajuda? Outra pergunta, talvez mais importante: que garantias me dá o Estado de que estas notas não me vêm parar à mão? Tendo em conta o lugar em que estava armazenado, há uma hipótese muito forte de que este seja dinheiro sujo — não só metafórica mas também literalmente. A metáfora, a gente ainda aguenta — que remédio, já nos habituamos. Mas a literalidade, amigos, já parece crueldade acima do que estamos preparados para suportar.

# O ANALFABETISMO COMO ARGUMENTO

O escritor João Paulo Cuenca escreveu que "o brasileiro só será livre quando o último Bolsonaro for enforcado nas tripas do último pastor da Igreja Universal", uma paródia de uma frase antiga que, evidentemente, não pretende incitar a violência — como aliás parece ser comprovado pelo fato de, no momento em que escrevo, nenhum Bolsonaro ter sido enforcado nas tripas de um pastor. Mas vários pastores da Igreja Universal têm processado o escritor em inúmeros pontos do país, uma tática conhecida que se destina a fazer o acusado perder tempo, dinheiro e, com sorte, condená-lo à miséria. Quase ao mesmo tempo, na França, outros fanáticos religiosos cortaram a cabeça de um professor, igualmente por delito de opinião. No Brasil, o objetivo é que Cuenca perca a cabeça apenas metaforicamente. Parece que o brasileiro só será livre quando o último pastor da Igreja Universal souber distinguir uma sátira de uma declaração literal.

Sempre que um analfabeto interpreta literalmente uma frase satírica produz-se um efeito bastante cômico. É uma situação idêntica à de um cliente que, num restaurante, chama o chef para dizer:

— Este é o pior quindim que eu já comi na minha vida.

E o chef responde:

— O que o senhor está a comer é feijoada.

E o cliente insiste:

— Não. É quindim. E é péssimo, uma vez que tem gosto de feijão.

A questão é que, se Cuenca estivesse a falar a sério, ele não mereceria ser preso, mas sim louvado. Propor o enforcamento em tripas de pastor é um método extremamente ineficaz de matar Bolsonaros. Se os assassinos competentes merecem a prisão, os assassinos incompetentes merecem elogio. A nossa sociedade prospera de duas maneiras: com menos bandidos ou com mais bandidos incompetentes. Se quiserem mesmo ser literais, enforcar Bolsonaros em tripas de pastores não mata Bolsonaros nem pastores. O intestino humano tem de seis a nove metros de comprimento. É perfeitamente possível, por isso, tirar dois metros de intestino a um pastor da IURD (mais do que suficiente para um enforcamento) e mantê-lo vivo e saudável. E, tendo em conta a elasticidade da tripa, o nó não seria sólido o bastante para matar qualquer Bolsonaro. Não haveria um enforcamento, haveria *bungee jumping* com tripas. Proponho que o tribunal faça uma simulação, para tirar dúvidas.

# PROFISSÃO: HUMANO

"Viver é o meu trabalho e a minha arte", disse Montaigne. Muito esperto. É xeque-mate na mulher.
— Michel, mais um dia no sofá a ver televisão?
— Silêncio, por favor. Estou a trabalhar.

No entanto, dizer que viver é a nossa arte pode trazer grandes dissabores. Designadamente, os críticos de arte podem querer apreciar os nossos dias. Tecer comentários sobre o modo como comemos uma feijoada, avaliar esteticamente uma altercação que tivemos no trânsito, elaborar uma análise crítica do que um *like* no Facebook fez pela nossa vaidade. Não gostaria de abrir o jornal e ler sobre essa peça artística que tinha sido o meu dia anterior. Julgo que, em décadas de vida, ainda não tive um dia que se aproximasse sequer de ser uma obra-prima. Não sou muito bom nisto de viver, tenho de admitir. Desconheço o movimento artístico a que pertenço. Creio que se pode dizer que tenho tido vários dias surrealistas, mas nunca por escolha minha. Outras vezes, parece que estou num quadro do Monet, embora esse efeito artístico seja, na verdade, obra do Johnnie Walker. Quase nada na minha vida é da minha autoria. Eu vou sentado no banco do passageiro, não toco no volante. Bem sei que, como disse Sócrates, a vida não examinada não vale a pena ser vivida. No entanto, eu examinei a minha e concluí que também não valia a pena. Em 2013, recorri a um analista por causa de um abalo profundo (no espaço de duas semanas o Benfica perdeu o campeonato, a taça de Portugal e a final da Liga Europa). O extraordinário embaraço que as sessões me provocavam levou a que eu acabasse por deixar de ir. Primeiro, tinha pudor de dizer a razão pela qual lá estava. Muita gente tem a opinião absurda de que há coisas mais importantes na vida do que o Benfica, e por isso suspeito de que iria ser mal entendido. Em segundo lugar, eu não tinha nada para dizer ao homem. A ideia de que eu sou um enigma que é preciso decifrar apresenta-se-me como ridícula. Vejo muita gente a gabar a terapia porque se encontrou. Eu não quero essas intimidades comigo mesmo. Evito encontrar-me. Se me vir na rua, mudo de passeio. O melhor é avançar com a mesma receita que me trouxe até aqui: dentes cerrados, vergonha e recalcamento. É duro, mas pelo menos não é ridículo.

# NÃO SEJAMES BOBES

Em *Não perca o seu latim*, Paulo Rónai conta a história do imperador Sigismundo, que, no concílio de Constança, se enganou no gênero de uma palavra e ordenou que, dali em diante, a palavra passasse a ter aquele novo gênero. Um monge considerou a ideia absurda e terá contestado, celebremente: *"Caesar non supra grammaticos"*, que significa "o imperador não está acima dos gramáticos", ou seja, não manda na gramática. Em princípio, o monge tem razão: ninguém manda na gramática, nem mesmo um imperador. No entanto, o Liceu Franco-Brasileiro, do Rio de Janeiro, resolveu tentar, e dirigiu-se aos estudantes com a saudação "querides alunes", por "respeito à diversidade e à inclusão". Eu sou daquelas pessoas que acreditam ser possível respeitar a diversidade e a inclusão em português. Ao que parece, é uma crença absurda e reacionária: a língua portuguesa só deixa de discriminar se as palavras acabarem em "e". Com da palavra presidente, que já acaba em "e", mas só deixa de oprimir se passar a ser presidenta. Que azar.

A transformação do nosso idioma numa língua neutra coloca vários problemas, e o menor deles talvez seja o ridículo. Mesmo forçando à neutralidade adjetivos e substantivos, como "querides" e "alunes", ainda assim sobra a questão dos artigos, dos particípios passados, dos numerais etc. A frase, aliás bem bonita, "Es arquitetes foram agredides por bandides e tiveram de ser operades por médiques" talvez cumpra parte destas novas aspirações linguísticas, mas na eventualidade de "es bandides" serem um par, e de querermos designá-los através da antiga e profundamente discriminatória formulação "dois bandidos", teríamos de inventar também um numeral neutro, para acrescentar ao masculino "dois" e ao feminino "duas". Deis, talvez? Eram deis bandides. Satisfeites?

A verdade é que tenho muitas dúvidas de que haja uma relação direta entre o gênero neutro das palavras e a igualdade. Parece-me que as desigualdades têm causas mais profundas. Por exemplo, na língua persa, falada no Irã, Afeganistão e Tajiquistão, todas as palavras são de gênero neutro. Se calhar conheço mal as sociedades iraniana, afegã e tajique, mas assim de longe não me parecem muito igualitárias, diversas e inclusivas.

# E TODO O POVO CANTOU

A grande escritora portuguesa Hélia Correia terá dito que achava o futebol um desperdício de sentimentos, e eu sempre estranhei que uma pessoa famosa pela sensibilidade fosse insensível a um fato evidente: não há nada inútil nas emoções que o futebol provoca. Como disse um torcedor do Vasco da Gama chamado Carlos Drummond de Andrade, o futebol faz com que a gente sinta "o ardor infantil no peito maduro". Foi isso que todo o mundo agradeceu esta semana. Não há nada negligenciável naquela alegria tão intensa. O futebol oferece alegria e, como se isso não bastasse, ainda dá, a milhões de pessoas, talvez a única oportunidade que têm de dizer em toda a vida: eu ganhei. Nós lemos romances, ouvimos sinfonias, vimos catedrais, mas não ficamos menos emocionados com aquele momento em que um garoto argentino, jogando pelo Barcelona na casa do Real Madrid, depois de ultrapassar o goleiro, esperou uns segundos para que um zagueiro chegasse, de modo a que pudesse desfeiteá-lo também, antes de fazer o gol. Era um jogo entre duas das maiores equipas do mundo e no entanto, de repente, a ação decorria nas ruas de Buenos Aires. Estavam lá 21 jogadores profissionais de futebol e um garoto malandro. Era isto mesmo: malandragem. Ou, dito de outro modo, futebol. A ideia de driblar, de ser mais esperto que o outro, de deixar bem clara a superioridade da nossa esperteza submetendo o adversário a uma pequena humilhação. É injusto que a malícia tenha tão má reputação. Amar todo o mundo é não amar ninguém, diz o misantropo de Molière. Isso mesmo. E tratar bem todo o mundo não premia quem de fato merece ser bem tratado. O jogo de Maradona era sempre uma demonstração de absolutamente justificada malandragem. Um Davi anafado de um 1,65 metro contra os Golias mais brutos do campeonato italiano, espanhol e da Copa do Mundo. A seu favor só tinha substantivos abstratos: a habilidade, a agilidade, a fantasia. Contra a violência, a imaginação. E, às vezes, um gol com a mão, que isto não pode ser só poesia.

# AÇÃO DE DESPEJO

Quando se diz que as eleições são a festa da democracia, é importante não esquecer a frequência com que as festas acabam com um convidado que recusa a ir embora. Todo o mundo se divertiu, agradeceu, saiu, os donos da casa querem ir para a cama, mas há sempre alguém que se mantém no sofá com o copo ainda meio cheio ou, pior, que fica junto da porta, já de casaco na mão, a contar uma última história. Entretanto, a história acaba, a gente pensa que finalmente a noite acabou, e o convidado acrescenta: "Mas..." Às vezes nem precisa de dizer mais nada. Fica só pendurado nessa adversativa, sonhador, examinando as possibilidades de prosseguir a conversa. Nessa altura, os donos da casa resolvem avançar também com o seu monossílabo: "Bom..." E esse impasse pode durar minutos — que, àquela hora, são meses. Donald Trump está a usar, na festa da democracia, todas as estratégias que os chatos usam nas festas normais. E tem acrescentado a isso as manobras do garoto que não quer admitir que perdeu o jogo de futebol na rua. Ele é, ao mesmo tempo, o inquilino despejado que não quer sair de casa e o menino derrotado que não quer voltar para casa. Não é propriamente uma surpresa. Antigamente, uma pessoa com as ideias e a personalidade de Donald Trump não se candidatava a presidente dos Estados Unidos: tentava assassinar o presidente dos Estados Unidos. Tenho muitas saudades desses tempos. Mas estes nossos tempos também são interessantes, não o nego. A ficção sobre a presidência dos Estados Unidos estava muito necessitada de uma renovação. Só no ano de 2013 estrearam dois filmes sobre ataques terroristas à residência do presidente. Era o costume: os serviços secretos tinham de evitar que os bandidos entrassem na Casa Branca. Vai ser refrescante assistir a fitas em que os serviços secretos têm de ser chamados para obrigar o presidente a sair da Casa Branca. Impedir a entrada a quem não tem direito a lá estar é emocionante; mas forçar a saída a quem não tem direito a lá estar também vai dar uma boa história.

# ALGORITMO CARDÍACO

Por razões de saúde, não tenho redes sociais, mas admiro a resistência de quem tem. O Facebook, uma rede de amigos que foi criada por um jovem que não sabe o que a amizade é, pergunta, assim que se entra: "em que estás a pensar?" Descobri cedo que, quando respondo a esta pergunta, o resultado é frequentemente desastroso. O Twitter, permitindo que as pessoas se exprimam num número bastante reduzido de caracteres, desmentiu a ideia antiga segundo a qual quanto menos se fala, mais se acerta. Não necessariamente, como se vê. O Instagram também veio revelar que quem disse que uma imagem valia mais do que mil palavras não fez bem as contas. E confesso que ainda não percebi o que é o TikTok. As redes sociais são a vitória ideológica da imprensa rosa e a derrota comercial da imprensa rosa. Ideologicamente, as revistas ganharam: a ideia de que a vida privada deve manter-se privada, de fato, acabou. Do ponto de vista comercial, as revistas perderam: o trabalho (vamos dizer trabalho, para facilitar) dos paparazzi passou a valer menos ou nada, e não parece ser bom negócio pagar por uma publicação que promete revelações sobre a intimidade dos famosos quando eles a exibem gratuitamente todos os dias.

Uma pessoa do século xx, como eu, tem legítimas razões para desconfiar das redes sociais. No meu tempo, a gente abominava tudo, ou quase tudo o que nas redes sociais é normal. Nós achávamos que falar de nós não era muito bonito, as redes sociais encorajam-nos a sermos testemunhas de Jeová de nós próprios; nós achávamos que a vaidade era patética, nas redes sociais é admissível republicar os elogios que nos fazem; nós achávamos que dedurar era execrável, as redes sociais têm um botão para "denunciar" por baixo de cada post.

Como não me pegam pelas redes sociais, as empresas tecnológicas montam-me armadilhas no YouTube. Só me sugerem vídeos parecidos com os que eu costumo ver. Pensam que me conhecem. Por isso, todos os dias eu deixo a tocar vídeos que em princípio não veria, para enganar o algoritmo. Seja quem for que está a tirar notas sobre as minhas preferências, na sede do YouTube, ficou a saber que hoje eu vi um vídeo em que nove narizes gigantes fazem sapateado, e outro sobre o campeonato mundial de passar roupa a ferro em condições extremas (debaixo de água, de cabeça para baixo pendurado numa árvore, em cima de uma vaca etc.). Mas depois vou pesquisar vídeos desinteressantes, para os baralhar.

# NÓS, OS AMORFOS

Joe Biden deve ser uma das criaturas menos entusiasmantes do mundo, o que me deixa muito entusiasmado. Depois de quatro anos de excitação estarrecedora, sabe bem esta calma aborrecida. Paradoxalmente, é uma calma aborrecida que, no início, sobressalta. Ouvindo o discurso de tomada de posse de Biden, fui várias vezes tomado por uma sensação estranha: o presidente dos Estados Unidos não estava a dizer coisas lunáticas. Vou precisar de tempo para me habituar. Não que o presidente estivesse a falar de uma forma particularmente inteligente, ou emocionante — estava apenas a não ser lunático. O que tornava aquele discurso relativamente banal numa peça de oratória memorável era, precisamente, a sua relativa banalidade. Nós participamos numa experiência científica e não sabíamos. A hipótese era: será que, ao fim de quatro anos a olhar para um chimpanzé, as pessoas vão ficar emocionadas quando virem o mais anódino Homo sapiens? A resposta é: sim. Biden é uma viagem no carro da família, circulando cinco ou dez quilómetros abaixo do limite de velocidade, para garantir que não há problemas. Trump era um acidente rodoviário em cadeia em que todos os carros eram Ferraris amarelas e explodiam no fim. Durante oito anos, a gente nem sabia bem o nome do Biden. De vez em quando, ele aparecia com o Obama e a gente recordava-se da sua existência, e voltava a esquecer no minuto seguinte. Biden teve uma evolução extraordinária sem, no entanto, sair do sítio. Só o cenário é que mudou. Ao pé de Trump, é um príncipe. Junto de Obama, era o moço das cavalariças. O que significa, e esta é uma conclusão perturbadora, que Trump fez de nós melhores pessoas.

A ascensão de Biden é uma ótima notícia para mim e para todos os que são como eu. Nós, os amorfos, os que não temos qualidades especiais ou características dignas de nota, somos subitamente excitantes. A nossa fulgurante banalidade, até aqui desprezada, passou a ter valor. Chegou, finalmente, a nossa era. Preparem-se para normalidade, compostura mínima e mero bom senso. Vai ser mesmo mediano!

# RECEITAS COM LEITE CONDENSADO

2 latas de leite condensado
1 rabo de jornalista

Uma sugestão do nosso leitor Jair Bolsonaro. Pré-aqueça o forno a 180°C. Não é para os ingredientes, é para o clima político. Quando tudo estiver bem quente, disponha as latas sobre uma mesa e ameace enfiá-las no rabo da imprensa. O resultado final é uma delícia. Mesmo quem acha o leite condensado enjoativo apreciará, porque aqui ele vai ser usado justamente para desenjoar das notícias sobre a Covid-19, permitindo fazer um intervalo doce no ciclo noticioso acerca da catastrófica gestão do governo. É uma receita extremamente inovadora uma vez que, se o nosso conhecimento da história das ideias políticas não nos engana, é a primeira vez que um estadista propõe a introdução de bens alimentares no rabo da mídia. É uma emoção enorme podermos testemunhar este momento histórico, que compensa largamente as dificuldades que todos passamos. Quando a pandemia passar, podemos olhar para trás e dizer: nem tudo foi mau. Eu estava lá quando sua excelência o presidente da República brasileira recomendou aos jornalistas que enfiassem latas de leite condensado no rabo.

1 lata de leite condensado

2,2 milhões de reais em chiclete

Uma receita que é também um truque de ilusionismo. Coloque a lata de leite condensado no centro das atenções. Depois de desviar o olhar de todos, masque o chiclete em paz. Sem qualquer valor nutricional, o chiclete acaba por justificar o investimento público de 2,2 milhões de reais porque constitui, na verdade, uma homenagem ao povo brasileiro. Quem masca chiclete apenas finge que come, que é no fundo o que resta a uma parcela do povo bastante grande, de acordo com os últimos dados sobre a pobreza extrema.

15 milhões de reais em leite condensado

1 viagem de automóvel

Uma receita da autoria do nosso leitor Eduardo Bolsonaro. Sente-se confortavelmente ao volante do seu automóvel. Ignore a lei e ponha o celular a filmar. Disserte sobre o investimento estatal em leite condensado fazendo considerações político-gastronômicas tais como "leite condensado não combina com mortadela". Acrescente à confusão do investimento em leite condensado a confusão da transgressão à lei rodoviária. Deixe a poeira assentar e continue como dantes.

# VAI TOMAR NO CURINGA

Quando constatei que a obra *A sutil arte de ligar o f\*da-se* se encontra, há bastante tempo, no top de vendas de livros tanto em Portugal como no Brasil, pareceu-me que este súbito interesse dos nossos povos era merecedor de reflexão. Em princípio, sou favorável a que nós, portugueses e brasileiros, abandonemos a nossa conhecida obsessão pelo rigor e adotemos um estilo mais descontraído e despreocupado. Julgo que nos faria bem. Ter sempre tudo pronto a tempo e horas, cumprindo prazos e orçamentos, tem as suas vantagens, mas também cansa — e até deve fazer mal à saúde. Chega de ser tão certinho e responsável. Vamos aprender mais sobre a sutil arte de ligar o f\*da-se. O problema é que essa nova atitude, esse "estou-me cagandismo" à moda de Alfred Jarry, que eu saúdo, parece ainda reticente, circunstância que o título do livro parece testemunhar. Das duas, uma: ou nos estamos, de fato, lixando para tudo, e falamos desbragadamente, ou mantemos alguma da nossa velha postura tensa, e pomo-nos com estrat\*gemas ridícul\*s p\*ra evit\*r choc\*r pess\*as s\*nsíveis. Abraçar as duas disposições ao mesmo tempo é que não faz sentido. Ou ligamos o f\*da-se sem curinga ou não estamos a ligá-lo de todo.

Intrigado, fui investigar o autor que tinha a desfaçatez de vir ensinar portugueses e brasileiros a serem mais relaxados, e descobri que se tratava de um americano chamado Mark Manson. Absurdo, comentei baixinho. Um americano. Vem do país do empreendedorismo e da competição ensinar-nos a ligar o f*da-se? A gente é que inventou o ligar o f*da-se. Ninguém o liga como nós, temos a melhor ignição de f*da-se do mundo. O que sabe um americano sobre ligar o f*da-se? Um país que foi à Lua sabendo perfeitamente que lá não há praia nem chope. Fazer o quê? Há uma página na Wikipédia em inglês com a palavra "malandragem", para ilustrar os estrangeiros sobre o conceito. E depois eles vêm ensinar-nos a ligar o f*da-se? Não queria acreditar. Por isso, continuei a pesquisa e descobri que Mark Manson é casado com uma brasileira chamada Fernanda Neute. Ah, bom. Agora percebi. Manson descobriu o que é ser brasileiro (que é o mesmo que ser português vezes vinte) e resolveu escrever um livro sobre o assunto. Como obteve as ideias em segunda mão, não as absorveu totalmente e ainda escreve f*da-se. Mais uns anos e ele educa-se. Força, Fernanda.

# BOAS PESSOAS SÃO PÉSSIMAS PESSOAS

Estávamos à mesa do jantar e a minha filha de treze anos suspirou:

— Estou farta de sexo.

Felizmente para a minha saúde cardiovascular, ela esclareceu depressa o problema: as aulas de educação sexual, na escola, eram muito chatas. Confesso que não sei o que se passa com esta geração. No meu tempo, aulas de educação sexual eram pretexto para sussurros, risadinhas, excitação boba. A gente não aprendia nada, que era a melhor maneira de manter o interesse no tema. Agora, ao que parece, dá bocejo. As explicações são tão exaustivas que eles gostam tanto do assunto como de matemática. Há dias saiu um estudo segundo o qual os jovens de hoje têm cada vez menos interesse por sexo. Eu estava preparado para, na minha qualidade de cidadão que se encaminha para ser velho, desdenhar do gosto das novas gerações no tocante à roupa e à música. Enfim, os clássicos. Mas não esperava ficar desapontado nesta área. Jovens não costumam precisar de ajuda neste capítulo — e, no entanto, fica a sensação de que criamos uma geração de pandas, que também têm fastio de reproduzir-se.

Talvez a questão esteja no excesso. Nós tínhamos de fazer um esforço bastante grande para encontrar imagens de uma pessoa nua. Às vezes, um coleguinha tinha uma revista e levava para a escola, e a gente tinha de ver com atenção para memorizar. Ou fingíamos interessar-nos por fotografia, para ver dois ou três nus artísticos — que são a forma mais desinteressante de nudez. Hoje, eles têm no bolso um celular com acesso a sacanagem organizada por ordem alfabética de tema. É demasiado fácil e demasiado burocrático. Penso muitas vezes no caráter nocivo daquilo que é bom. Por exemplo, ser boa pessoa é uma maldade que se faz aos outros. Quando uma boa pessoa morre, isso inflige-nos uma dor insuportável. Quando más pessoas morrem, elas têm o bom senso de não nos martirizar. Às vezes é um alívio, outras até uma alegria. Quem é boa pessoa sabe que é uma questão de tempo até submeter aqueles que ama a uma tristeza profunda. Quanto melhores as memórias que deixa, maior a mágoa que vai provocar. Uma pessoa decente faria um esforço sério para ser indecente.

# FASTIO DE HEROÍSMO

O antigo major vai ter com Rambo, que está aposentado. É sempre um antigo major, e o herói está sempre aposentado. Rambo está a praticar uma atividade violenta mas não bélica como, por exemplo, rachar lenha. Assim a gente vê que, apesar de aposentado, ele ainda mantém o vigor de antigamente. O major diz que precisa muito do Rambo, pois só ele pode resolver uma questão qualquer no Afeganistão, e é fundamental agir depressa porque em breve as guerras serão travadas por drones, operados a partir dos Estados Unidos por magrelas com jeito para videojogos, e deixa de haver filmes de ação. Mesmo sabendo que o mundo depende disso, Rambo recusa ajudar. Depois acontece alguma coisa que transforma uma intrincada situação geopolítica num caso pessoal, e só então Rambo decide comprar a passagem para o Afeganistão. Que fastio é esse? Por que é que os heróis dos filmes têm de ser convencidos a ser heróis? A gente já sabe que eles vão aceitar, caso contrário o filme teria apenas dez minutos.

(— Vem, Rambo.

— Não quero, major.

— Ah, que pena. Bom, mas valeu a pena tentar.

Fim.)

Portanto, é uma perda de tempo. E faz com que a gente tenha menos interesse no filme. Rambo acaba por ir, mas contrariado.

Ele não queria mesmo ajudar os mujahidins. Queria estar a rachar lenha na sua fazenda. Muitos filmes são a história de vencedores que resistem a lutar e de vencidos que não resistem a aplaudir. Outro herói, chamado Rocky (aliás, muito parecido com Rambo), também não quer lutar com Ivan Drago. Só quando o russo mata o seu melhor amigo é que Rambo compreende que a melhor maneira de demonstrar a superioridade do imperialismo americano sobre o imperialismo soviético é dar uma surra em Drago envergando uns calções com a bandeira dos Estados Unidos. E então os russos não resistem a aplaudir. Depois de Rocky vencer Drago, um dirigente soviético começa a aplaudi--lo, primeiro um aplauso lento e solitário. E a seguir mais dois ou três dirigentes aplaudem, e de repente toda a plateia aplaude e se levanta. Sempre por esta ordem: primeiro um, sozinho e devagar; depois mais dois ou três, um pouco mais rápido; no fim, todos ovacionando, de pé. São coisas que nunca acontecem na realidade, e no entanto ocorrem em todos os filmes. A ficção não imita a vida, imita-se a si própria.

# COMO ASSIM, A FINLÂNDIA?

O melhor é dizer logo, sem rodeios nenhuns: a Finlândia foi considerada o país mais feliz do mundo. A Finlândia, gente. Um estudo revelou que o povo mais feliz do mundo (há já vários anos seguidos) é o finlandês. O finlandês! Desculpem se estou demasiado transtornado. O Brasil ficou em 41º lugar. Infelizmente, a infelicidade dos brasileiros não me surpreende. Mas felicidade, na Finlândia? Fui à Wikipédia confirmar que não estava enganado. Não, é mesmo o país que, em janeiro e fevereiro, tem uma temperatura média próxima de -5°C. Que chega a ter temperaturas inferiores a -20°C. Que, no inverno, tem dias que duram menos de seis horas. E que, no verão, costuma ter uma temperatura máxima de 20°C. É o país cuja língua parece ter sido inventada por alguém que fechou os olhos à frente de um teclado e pressionou teclas aleatoriamente. É a nação cujo prato preferido é rena salteada. Estamos a falar de um povo que chegou a um sítio inóspito e disse:

— Mika, pousa a mala que é isto mesmo. Estamos em casa, meu filho. Só neve e gelo. É um lugar tão bonito que vamos chamar-lhe Jyväskylä. Gostas do que vês?

— Não vejo quase nada, pai. São duas e meia da tarde, mas já anoiteceu.

— É verdade. Vamos acender uma fogueira.

— Oh! Ali ao fundo, pai! Uma rena. É a amiga do Papai Noel, que linda.

— Sim. E é também o nosso jantar.

— Ah. Interessante. Gosto muito da nossa terra. Estou ansioso por vê-la, dentro de seis meses, quando a neve derreter.

— Sim, no verão. Vão ser os dez minutos mais belos da tua vida.

Este diálogo, embora não pareça, é apócrifo. Mas pode muito bem ter ocorrido, na altura da fundação da Finlândia. Não me interpretem mal: eu sei que, na Finlândia, tudo funciona. Não há dúvida de que se trata de uma nação bem-sucedida, próspera, e parece que a moral sexual é bem relaxada. Não há outra hipótese, tendo em conta o resto. Países como o Brasil ou Portugal podem dar-se ao luxo de ter problemas graves. Está sol. Na Finlândia tem mesmo de estar tudo certinho. Mas o país mais feliz do mundo? Será possível? Não creio. Julgo que, à pergunta "é feliz?", os finlandeses responderam: "para finlandês, até sou". Só pode ser isso.

# EPISTEMOLOGIA DO BUCHO

Eu sei que o ex-ex-ex-ministro da saúde Luiz Henrique Mandetta acusou Bolsonaro de desprezar a ciência. Mas calma. Não será justo assinalar que a ciência também despreza Bolsonaro? Ouvindo Mandetta, parece que há uma má vontade do presidente em relação à ciência quando a antipatia é, obviamente, mútua. E creio que foi a ciência que começou. Desde o início que a ciência, enquanto corpo de saber organizado e verificável, tem afrontado Bolsonaro com características tais como a lógica, o rigor ou o apego aos fatos. Quando Bolsonaro quis incluir, na bula da cloroquina, a informação de que o medicamento seria indicado para a Covid-19, tal não foi permitido, presumivelmente pela ciência. Ora, é muito simples: a bula do Ben-u-ron inclui a nota de que o remédio é indicado para dores de cabeça, e as pessoas usam Ben-u-ron, com êxito, contra as dores de cabeça. Se a bula da cloroquina incluísse a nota de que o remédio era indicado para a Covid-19, as pessoas usariam a cloroquina, com êxito, contra a Covid-19. Um raciocínio límpido destes só pode ter sido refutado por embirração.

Em resposta a Mandetta, Bolsonaro usou outro argumento difícil de contestar. "Quando tenho problema de estômago, alguém sabe o que eu tomo? Tomo Coca-Cola e fico bom, é problema meu. O bucho é meu. Talvez o meu bucho, todo corroído pela Coca-Cola, me salvou da facada do Adélio". É uma hipótese interessante — e uma que os cientistas, por preguiça ou burrice, não colocaram. Normalmente, a ciência considera que uma coisa má é má. É uma estranha ortodoxia, mas não há nada a fazer. Dou um exemplo: que um estômago esteja corroído costuma ser entendido como um mau sinal. Entre um bucho corroído e um bucho não corroído, a ciência opta geralmente por apontar o que está corroído como o pior, o menos resistente, o menos saudável. Mas a conjectura de Bolsonaro introduz uma nova lógica que o pensamento científico é incapaz de compreender. Uma facada num bucho saudável causa dano; uma facada num bucho corroído pode ser uma lufada de ar fresco. Adélio pretendia ferir um bucho bom, acabou melhorando um bucho corroído. Fez figura de bobo. Não leu a bula da Coca-Cola.

# PROMETEU ABENÇOADO

Já aconteceu várias vezes. Uma amiga apaixonada diz-me que o seu namorado é um deus grego. Como é evidente, eu respondo: "Que pena. Ele tem uma vontade incontrolável de comer a própria irmã?" Invariavelmente, o ambiente fica pesado. E, no entanto, a minha pergunta é sensata (como sempre, aliás). Vários deuses gregos tiveram filhos com as irmãs e até com as mães. Nenhum deles têm, propriamente, uma família tradicional e uma vida sexual saudável. Estude a mitologia antes de elogiar o seu namorado, por favor.

Uma vez que não conhecem a fundo a antiguidade clássica, as pessoas colhem lições absurdas nos mitos. Permitam-me que faça alguns esclarecimentos. O caso mais flagrante talvez seja o de Prometeu. O titã ofereceu o fogo aos seres humanos e ensinou-lhes as artes. Então, Zeus decretou que, todos os dias, uma águia comesse o fígado de Prometeu. O fígado regenerava-se durante a noite e, no dia seguinte, a águia aparecia para o comer de novo. E assim sucessivamente, para sempre. Conclusão de todo o mundo: ah, Zeus castigou Prometeu. Como assim, "castigou"? Ter um fígado novo todos os dias é um castigo? Especialmente para alguém ligado às artes? Não, amigos. Ter um fígado novo todos os dias é o sonho de qualquer artista. Se tivessem sido submetidos a um castigo semelhante, quase todos os escritores teriam morrido de velhos, e não de cirrose. O que os especialistas em cultura clássica deviam perguntar é o que terá feito essa águia, pois o castigo é para ela. Iscas todos os dias. Muito enjoativo. Até deve fazer mal ao fígado. Mas Prometeu está ótimo. Imagino que comece a beber caipirinha logo de manhã, despreocupado, e faça inveja aos amigos quando, ao fim da tarde, vê a águia a aproximar-se e diz: "Bom, está na hora do meu transplante. Até amanhã, companheiros. Não se esqueçam de trazer a cachaça". Não sei como dizer-vos que esta minha interpretação do mito tem sido completamente desconsiderada. Depois queixem-se da falta de interesse das pessoas pelos estudos clássicos.

# O SIMÓN BOLÍVAR DOS SEIOS

Eu nutro enorme admiração pelos seios. Cachoeiras fascinam, eclipses deslumbram, auroras boreais maravilham. Não há dúvida. Mas qualquer crítico sério admitirá que os seios são a obra-prima da criação. "Quando os poetas falam da morte, chamam-lhe 'o lugar sem seios'", disse Ramón Gómez de la Serna. Eu não convivi tanto com poetas como de la Serna, mas acredito que seja isso que os poetas dizem, e concordo. E por isso mesmo tenho aproveitado o meu tempo neste lugar com seios que é a vida para contemplar, estudar e refletir sobre seios. As pessoas que menos partilham esta minha paixão costumam ser, curiosamente, proprietárias de seios. O que é misterioso para mim, tenho reparado, é prosaico e desinteressante para as mulheres. Se, junto de amigas, refiro a excelente e informativa *História do seio*, da professora Marilyn Yalom, elas afastam-se — levando consigo, evidentemente, os seus seios. Conversar sobre seios afugenta seios, constato com mágoa. No entanto, devo registrar aqui, entusiasmado e agradecido, a única vantagem desta pandemia: as mulheres que me rodeiam têm discorrido longamente sobre o uso de sutiã. Ao que parece, o coronavírus foi o Simón Bolívar dos seios. Quase todas as mulheres que conheço deixaram de usar sutiã durante o confinamento, e trocam impressões umas com as outras, à minha frente, acerca da nova liberdade que descobriram e do conforto de que agora desfrutam. A sensação é tão libertadora que muitas estão decididas a não voltar a usar sutiã, ou pelo menos não voltar a usar com tanta frequência. Nestas conversas, como é natural, eu não tenho experiências pessoais para relatar, mas estou tão feliz por finalmente participar no debate que cito a professora Yalom, designadamente o capítulo dedicado à história do sutiã — que, é curioso, não tem mais de cem anos, mas já teve várias formas, consoante o padrão de beleza da época, e foi feito de vários materiais, e a primeira patente foi vendida pela sua inventora, uma senhora chamada Mary Phelps Jacobs, por 1500 dólares, embora mais tarde a mesma patente tenha sido avaliada em 15 milhões de dólares, quem diria.

E então as minhas amigas vão conversar para outro lado.

# BAIXARIA COM ELEVAÇÃO

Quando se qualificou para as meias-finais dos Jogos Olímpicos, o jovem pugilista brasileiro Hebert Conceição declarou, e cito: "Eu sou medalhista olímpico, caralho! Eu mereço pra caralho! Nós trabalhamos pra caralho, porra!" De acordo com a *Folha*, citando a assessoria do COB, estas palavras geraram uma reclamação de uma agência portuguesa de comunicação, o que, se for verdade, me envergonha. E o COI recomendou que o time brasileiro evitasse afirmações "não apropriadas", o que me enfurece. O que vejo de menos apropriado nas declarações de Hebert Conceição é a sua surpreendente contenção. Quando, depois de anos de esforço e sacrifício, alguém atinge um dos seus objetivos e consegue dizer apenas um palavrão (repetições não contam, e é preciso ser muito mesquinho para considerar porra um palavrão), eu fico espantado. Não apropriado seria que um atleta cujo ofício envolve ser esmurrado no nariz celebrasse dizendo: "Vossas excelências não calculam o maravilhoso êxtase que neste momento me invade". Há uma falta de respeito pelos palavrões que é mais chocante do que palavrões. A indecência não está a ser tratada decentemente. Basta ver a vergonha que se passa a toda a hora, perante a indiferença das autoridades. Um amigo assusta-se e envia por SMS: "fodasse!" Gente do Twitter indigna-se e grafa: "fodasse!" Por todo o lado, sempre que há um sobressalto, um lamento, uma discordância, alguém escreve: "fodasse!" Ora, a palavra "fodasse" não existe. Escrever "fodasse" é exprimir uma obscenidade e incorrer num erro ortográfico. É falta de educação e falta de educação. Na verdade, quem escreve "fodasse" não exprime obscenidade nenhuma. No máximo, trata-se da expressão de uma obscenidade na forma tentada. Estamos perante alguém que deseja dizer um palavrão e não consegue — o que prova que é preciso ter formação para ser malformado.

As crianças não têm culpa. Os programas escolares estão desajustados da realidade, como se vê. Estudam-se verbos das três conjugações, mas ignora-se a forma reflexa de um dos verbos que mais vamos usar pela vida fora. O resultado é este: um número chocante de pessoas que não sabe exprimir-se convenientemente. É uma área do saber que não pode continuar a ser negligenciada, foda-se.

# CUIDADO! FICÇÃO COM CERCA DE 400 ANOS!

De acordo com o jornal inglês *Daily Telegraph*, o teatro The Globe, em Londres, entrega aos espectadores da peça *Romeu e Julieta* uma página com avisos tais como: "No final, Julieta mata-se. Isto não é real". Ou: "Perto do final da peça, quando Romeu bebe veneno, o ator finge vomitar e ter convulsões. Isto não é real e ele não está ferido". Ou ainda: "Há lutas no palco. A violência não é real e não deve ser copiada. Há sangue e vômito nesta produção. Isto não é real". A razão de ser dos avisos é, segundo os responsáveis pelo teatro, a preocupação com "os problemas de saúde mental que os jovens enfrentam hoje", mas confesso que estou mais preocupado com a saúde mental das pessoas que escreveram os avisos. São diretores de um teatro cuja expectativa é receber espectadores que não sabem o que teatro é. Ora, quem vai ao teatro e não sabe que o que se passa no palco é ficção não é doente mental. É inocente, se tiver menos de quatro anos, e é estúpido, se for maior de quatro. Quem precisa de ser avisado de que os atores não estão mesmo a lutar, ou a morrer, é um tipo muito especial de pessoa. Trata-se de alguém que se senta numa plateia esperando ver a vida real a desenrolar-se à sua frente. Por um acaso feliz, uns tais Capuletos e Montéquios estão a viver a sua vida em cima de um estrado, entre as oito e as dez da noite. Umas centenas de pessoas têm a sorte de assistir. Deve ser por isso que os bilhetes são tão caros. E, de fato, não há dúvida de que é perturbador assistir à morte verdadeira de uma pessoa. No entanto, o espectador que pensa estar a ver Romeu a beber veneno real não é apenas estúpido — juridicamente, também é um homicida por negligência. Porque, naquele ponto da peça, o espectador que julga estar a assistir à vida real sabe que, ao contrário do que Romeu acredita, Julieta não está mesmo morta. Qualquer tribunal concordará que o espectador tem o dever de se levantar e dizer: "Ei, Romeu! Não bebas isso! O mensageiro que frei Lourenço enviou para te dizer que ela ia beber uma poção especial para parecer morta não chegou a tempo de te avisar. Ufa! Podia ter acontecido aqui uma tragédia, se não fosse eu. E estes trezentos babacas que estão a ver isto comigo não iam dizer nada. Incrível". Ser um idiota é o menor dos defeitos deste psicopata. Só com avisos destes não vamos lá.

# MARCELO ADNET, QUE INVEJA

Eu não sou advogado, mas o bom senso diz-me que é improvável que Bolsonaro tenha cometido crime de responsabilidade. Ele é irresponsável há décadas. Crime de irresponsabilidade acredito. Crime de responsabilidade acho mais difícil. Sinceramente ficaria muito surpreendido que ele tivesse feito alguma coisa que envolvesse responsabilidade, incluindo crimes.

Tendo em conta a estreita afinidade do Brasil com o futebol, talvez seja apropriado que a democracia brasileira tenha mais ou menos a mesma longevidade de um jogador. Aos 36 anos, a democracia parece estar em fim de carreira. E há quem diga que Bolsonaro tem a maior responsabilidade nesse ocaso. Mas quem faz essa observação costuma ignorar um sinal de esperança: o maior crítico de Bolsonaro é Bolsonaro. Se há alguém que tem sido incansável a apontar o modo como as coisas pioraram desde que Bolsonaro é presidente é o presidente Bolsonaro. Por exemplo, é ele que nos tem dito que a justiça, antes de ele ser eleito, estava ótima: gente de quem ele não gostava era presa e juízes eram suficientemente bons para que ele os convidasse para o governo. Agora, quase não há juízes que se aproveitem, especialmente o que ele convidou para o governo. É forçoso concluir que foi o governo Bolsonaro que estragou Moro e degradou o Supremo Tribunal Federal. O sistema eleitoral também funcionava bem. O voto eletrônico era justo e fiável, tanto que elegeu Bolsonaro. Durante o governo de Bolsonaro, o mesmo sistema apodreceu e já não presta. Mas a maior prova de que Bolsonaro é o grande crítico de Bolsonaro é o áudio que ele enviou aos seus apoiadores a pedir o fim do bloqueio dos caminhoneiros. Um desses apoiantes espalhou esta mensagem: "ATENÇÃO. Recebi agora a informação de que o áudio dizendo ser do presidente na verdade é do ator globosta Marcelo Adnet, que denigre a imagem do nosso presidente com suas imitações ridículas. Repassem". Ou seja, quando Bolsonaro fala parece a caricatura ridícula que fazem dele. Marcelo Adnet é tão competente que os apoiantes de Bolsonaro acham que o original é a imitação dele. Adnet atingiu um patamar em que está a trabalhar mesmo quando não faz nada. Só está ao alcance dos melhores.

# NÃO CONFIE EM BEBÊS

A minha filha mais velha fez dezoito anos. Não esperava este desaforo dela. Mesmo quando, no ano passado, fez dezessete, não imaginei que este ano fosse fazer dezoito. Fui completamente apanhado de surpresa. E agora ela foi para a universidade, na Inglaterra. Eu fiquei em casa, a 1.408 quilômetros de distância dela, segundo o iPhone, e descobri que aquela sensação passageira de susto que a gente sente na barriga quando se aproxima de um abismo pode tornar-se permanente. Passo à porta do seu quarto vazio: abismo. Tropeço num objeto que lhe pertence: abismo. Vejo o seu rosto numa fotografia: abismo. Racionalmente, eu sei que ela não foi para a guerra do Vietnam, e que posso vê-la todos os dias através de videochamada, mas o abismo não me deixa concentrar na razão. Isto começou quando ela nasceu. Não se pode confiar em bebês, a verdade é essa. Não é por acaso que nunca ninguém comprou um carro usado de um bebê. Eles dominam todas as técnicas dos mais safados vigaristas. Imaginemos que um dos nossos amigos conhece uma pessoa e, no preciso segundo em que a conhece, declara ter-se apaixonado perdidamente para sempre. Todos nós diríamos ao nosso amigo que estava a ser insensato, que não conhecia a pessoa, que é impossível amar incondicionalmente uma pessoa que acabamos de conhecer. Exceto se essa pessoa for um bebê.

Nesse caso, felicitamos o amigo. Claro que sim. Claro que ele já ama uma pessoa que acaba de conhecer. Note-se que estamos a falar de uma pessoa da qual o nosso amigo nada sabe, até porque ela não apresenta quaisquer referências e — o que é bastante suspeito — não é possível encontrar qualquer vestígio seu nas redes sociais. É óbvio que aquele bebê vai fazer sofrer o nosso amigo. Mais cedo ou mais tarde aquele bebê vai inscrever-se em literatura inglesa e estudos clássicos numa universidade estrangeira. E o nosso amigo vai ficar devastado.

Sabem quando, no filme *Um sonho de liberdade*, o diretor da prisão descobre que Andy Dufresne escavou um túnel na sua cela, e o escondeu atrás de um retrato de Rita Hayworth? Percebi que a minha filha passou dezoito anos a fazer o mesmo. Distraiu-me com o seu rosto de bebê. E, por trás, escavou o abismo.

# QUE COISA

Dizem que Tales de Mileto estava um dia tão embrenhado a olhar para o céu, observando as estrelas, que acabou por cair num poço. Platão acrescenta que uma bela e espirituosa criada da Trácia se riu dele e lhe fez notar que a sua ambição de conhecer as coisas do céu o tinha impedido de ver as coisas que tinha mesmo debaixo do nariz. Não sei em que medida é que o fato de a moça ser bela, espirituosa e criada oriunda da Trácia acrescenta peso à humilhação de Tales, mas Platão achou importante que tivéssemos essas informações. Talvez seja mais humilhante fazer figura de bobo à frente de pessoas belas. Pode ser isso. Costuma dizer-se que, quando o sábio aponta para a lua, o louco olha para o dedo. O que me interessa é que o autor dessa observação olhou para todo o lado: para o sábio, para a Lua, para o louco e para o dedo. O que quer dizer que olhou através dos seus olhos (porque viu o sábio e o louco), e olhou através dos olhos do sábio e através dos olhos do louco (porque também viu a Lua, como o primeiro, e também viu o dedo, como o segundo). Na história de Platão, Tales só viu as estrelas. A criada viu Tales, as estrelas e o poço. Ela era uma filósofa melhor.

Heidegger recupera essa história no seu livro *O que é uma coisa?*, cujo título dá vontade de rir, pelo menos até a gente começar a lê-lo, altura em que toda a alegria nos abandona. O livro é uma investigação sobre a substância das coisas, a nossa relação com elas, e o modo como a nossa relação com elas pode influenciar a sua substância. Ou seja, é chato. (Eu sou um leitor de filosofia muito sofisticado.) Mas todas aquelas reflexões sobre as coisas fizeram-me lembrar aquela expressão que os falantes de português usam: coisíssima nenhuma. E afastei-me um pouco do pensamento de Heidegger para me maravilhar com a improbabilidade dessa expressão. Como assim, coisíssima? Coisa é um substantivo. Quem teve a ideia de o superlativar? E então concluí que qualquer filósofo pode dedicar-se a pensar as coisas. Mas só os filósofos de língua portuguesa podem ser bem-sucedidos na difícil, quase impossível tarefa de pensar em coisíssima nenhuma.

# COMO O DEMÔNIO ENTROU
# NA MINHA VIDA

Foi assim: primeiro, a Flor fugiu para a serra com o cão do vizinho, mas todo o mundo dizia que ele era castrado. O cão, não o vizinho. Era um malcheiroso de pelo castanho. O vizinho, não o cão. O cão era lindo. Seja como for, a Flor começou a engordar muito e eu levei-a ao veterinário. Tinha seis cachorrinhos no ventre. Ou o cão do vizinho não era castrado ou estava prestes a nascer o messias dos cães. Meses depois, a Flor deu à luz cinco cachorrinhos adoráveis e um bicho malvado. Os cachorrinhos queriam mamar e o bicho empurrava-os para ficar com as tetas só para ele. Os cachorrinhos dormiam e o bicho roía a cama. Rapidamente, o bicho passou a ser designado por "o Demônio". Quem lhe deu o nome foi, evidentemente, o próprio. E, quando foi altura de oferecer os cachorrinhos, resolvemos ficar com ele. A sua indisciplina boba já nos tinha conquistado. E depois passaram anos e o Demônio, embora mais frequentemente chamado Demoninho, ou Monuchas, continuou a ser um demônio. Sempre gostou muito de comer. Infelizmente, nem sempre comida. A sua predileção por roupa suja levou-o várias vezes ao veterinário. Mais do que uma vez foi preciso operá-lo para lhe retirar meias e cuecas do bucho. Mas também comia outras coisas. Recordo, em particular, o dia em que dedicou uma tarde a comer parte do livro *Teoria artística em Itália, de 1450 a 1600*, de Anthony Blunt. Ingeriu integralmente os capítulos 6, 7, 8 e 9, bem como a bibliografia e o índice. Mas comeu apenas a metade superior dos capítulos dedicados a Alberti, Da Vinci e do próprio Michelangelo. Não deixa de ser irônico, contudo, que um dos capítulos destruídos pelo Demônio tenha sido aquele que o autor dedicou a Savonarola, o padre conhecido precisamente por destruir objetos artísticos. Creio que somos todos sensíveis a esta sutileza.

Entretanto, o Demônio foi atacado por um tumor maligno e o veterinário teve de amputar-lhe uma das patas da frente, mas ele manteve a alegria e o vigor. Hoje já esteve a correr atrás de pombos e agora está aqui, deitado aos meus pés, e tenho a certeza de que, se soubesse que tinha sido transformado em tema de crônica, gostaria de a ver publicada. E, claro, de comê-la.

# O FIM DO MUNDO DUROU SEIS HORAS

Se a nossa vida virtual é vida, então metade do planeta esteve em coma na semana passada. Durante seis horas, algumas redes sociais deixaram de funcionar. Foi um bom pretexto para pensar na vida. Refiro-me à outra, a que decorre fora da internet. Há duas ou três diferenças entre a vida e a "vida". Por exemplo, as palavras não significam exatamente a mesma coisa. "Amigo", na "vida", não significa o mesmo que amigo na vida. Amigos de carne e osso dão-nos a mão, "amigos" dão-nos aquela mãozinha com o polegar levantado. Parece a mesma coisa, mas é muito diferente. Há quem se refira aos seus espaços na "vida" como a sua casa: "a minha página de Facebook é a minha casa. Quem não se comportar, sai"; "o meu Instagram é a minha casa: quem lá está cumpre as minhas regras". Mas não é bem verdade, pois não? Facebook e Instagram não são a nossa casa. A gente não deixa milhares de desconhecidos entrarem na nossa casa. Mesmo que eles se comportem educadamente. Ou que vão apenas para ver e saiam sem dizer nada. Essa é outra diferença flagrante entre a vida e a "vida": é impensável a gente comportar-se na vida como se comporta na "vida". Muitas vezes, nós queixamo-nos de que as pessoas, nas caixas de comentários, dizem o que nunca diriam pessoalmente a alguém. Mas a verdade é que todo o mundo faz, na "vida", o que nunca faria na vida. Não é preciso ir às caixas de comentários. Pessoas discretas e modestas na vida transformam-se em agressivos diretores de marketing de si próprios na "vida". Na vida, ninguém aborrece os amigos dizendo: "Você viu o elogio que me fizeram? E este outro elogio? Viu? E mais esta opinião extremamente laudatória? Reparou?" No Instagram, isso é uma sucessão de *stories* normal e aceitável. É um mundo em que a fanfarronice não é ridícula. O objetivo é reunir seguidores. Na vida, se a gente tem um seguidor chama a polícia; na "vida", se tiver um milhão é um bom começo.

Em resumo, o que aconteceu esta semana foi: durante seis horas ninguém pôde publicar conteúdos vazios de conteúdo. Senti um vazio bem no meio do meu vazio.

# RIR DE TUDO E RIR DE NADA

A viagem já vai longa quando Jacques, o fatalista, confessa ao amo a sua ambição: rir de tudo. Ele acha que assim se livraria de preocupações e de necessidades, conseguiria tornar-se perfeito senhor de si mesmo e sentir-se-ia tão bem com a cabeça encostada à esquina da rua como num bom travesseiro. Em sentido contrário, São Basílio de Cesareia disse que não era permitido rir de nada. Estou convencido de duas coisas: primeiro, que a razão pela qual São Basílio propõe que não seja possível rir de nada é precisamente a mesma razão pela qual Jacques deseja rir de tudo; segundo, que, no que toca ao riso, só existem essas duas posições radicais. Não creio que haja meio-termo. Ou defendemos que é possível rir de tudo ou defendemos que não é possível rir de nada. A partir do momento em que a gente abre uma exceção ("podemos rir de tudo exceto disto" ou "não podemos rir de nada exceto daquilo"), deixa de ser possível sustentar a posição. O mesmo argumento que valida uma exceção sanciona todas as outras. Por exemplo: podemos rir de tudo, exceto do sagrado. Que sagrado? Deus? Só um deus ou todos os deuses? Não podemos rir de Poseidon? E aquelas pessoas que não são crentes, mas para as quais outras coisas são sagradas — coisas tão diferentes como a família, o país, o vôlei de praia?

Um dos principais motivos desta discórdia é o fato de muita gente ter uma ideia errada do riso. Por exemplo, há muita gente convencida de que rir é o contrário de chorar. Não é, não. Rir e chorar são vizinhos, talvez mesmo parentes. Por vezes até ocorrem ao mesmo tempo. Ambos funcionam como a válvula da panela de pressão. O contrário de rir é não rir. Estar sério. Acumular tensão. É bastante importante entender isso. A mesma coisa, dita num discurso sério ou num discurso não sério, tem valores diferentes. Assim como as coisas que se dizem na cama. Não é possível citar o que foi dito na cama como se tivesse sido dito no salão. O riso pode ser agressivo, claro. Mas, mesmo quando é, trata-se de uma agressividade especial — o que é frequentemente esquecido. Até Samuel Butler, autor de sátiras, relacionou o riso com a agressividade pura, assinalando que não é possível rir sem mostrar os dentes. É falso, no entanto. Os bebês conseguem fazê-lo.

# O MITO ILÓGICO

Creio que já manifestei aqui a minha preocupação pelos historiadores do futuro que, daqui a muitos séculos, resolverem estudar a nossa época. O que acontecerá quando, ao escreverem as suas obras sobre o Brasil do início do século XXI, derem por si a compor frase "E depois o presidente afirmou que as pessoas totalmente vacinadas contra a Covid-19 desenvolviam aids muito mais rápido do que o previsto"? Vão querer verificar novamente as fontes, pedir a um amigo para se certificar de que eles não estão com febre, confirmar que um colega mal-intencionado não forjou um jornal de 2021 para os lançar numa pista falsa? Provavelmente. Não vai ser fácil acompanhar o que se passou agora quando já todos tivermos morrido porque eu ainda estou vivo e tenho muita dificuldade. Primeiro, Bolsonaro inventou uma notícia e depois inventou que não tinha inventado. Eu estou habituado a ler ficção, mas nunca vi uma capacidade de efabulação como esta. Bolsonaro avançou com uma teoria absurda, os jornais confirmaram que era absurda, e a seguir ele indignou-se porque tinha lido a notícia nos mesmos jornais que agora o acusavam de espalhar informação falsa. Havia apenas um pequeno problema: os jornais não tinham dito aquilo que ele disse que diziam. Será que o leitor ainda consegue acompanhar-me? Talvez seja mais fácil explicar assim: Bolsonaro é um jogo do telefone sem fio em forma humana. Enfim, vagamente humana. Todo o mundo conhece a brincadeira: uma pessoa segreda uma frase ao ouvido de outra, que por sua vez a segreda a outra e assim sucessivamente. Quando a última pessoa ouve a frase, ela é muito, muito diferente da frase original. Bolsonaro consegue fazer isso sozinho: lê uma frase no jornal, processa a informação e, quando a reproduz num live do Instagram, ela já não tem nada a ver com o que ele leu. Há qualquer coisa de admirável nisso. É um alambique de idiotice. Uma coisa entra sensata pelos ouvidos e sai obtusa pela boca. Quando lhe chamaram mito, os apoiantes de Bolsonaro falharam, mas não por muito. Bolsonaro não é o mito. É o mito urbano.

# CUIDADO, VEM AÍ O GERÚNDIO!

Calma, creio que não há motivo para alarme. Ou talvez deva falar no plural: alarmes. O primeiro alarme soou em Portugal. Várias crianças começaram a falar português do Brasil, por causa da exposição continuada a vídeos de um youtuber brasileiro, durante a pandemia, e os pais afligiram-se. Os filhos dizem grama em vez de relva, geladeira em vez de frigorífico e usam a conjugação perifrástica com o verbo no gerúndio (estou vendo) e não no infinitivo (estou a ver). Se o problema é as crianças falarem outra variante do português, então não há problema: aprenderam gramática e vocabulário, ficaram a saber mais sobre a sua língua, e abriram a sensibilidade ao português brasileiro (uma sensibilidade que os brasileiros nem sempre têm em relação ao português europeu, tanto que até quando pretendem caricaturá-lo recorrem a uma expressão que, em 47 anos de vida, nunca ouvi um português usar: ora pois).

O segundo alarme soou no Brasil. O caso seria mais uma prova de altivez linguística e de discriminação antibrasileira em Portugal. Ora, quando se apoquentam por os seus filhos dedicarem demasiada atenção a um youtuber brasileiro, os pais portugueses não estão preocupados por ele ser brasileiro, estão preocupados por ele ser youtuber. Se os garotos tivessem começado a falar com sotaque por demasiada exposição a palestras sobre a obra de Carlos Drummond de Andrade, creio que os pais não se inquietariam. Por outro lado, se as crianças tivessem passado a falar com sotaque de S. Miguel, por terem visto demasiados vídeos de youtubers açorianos, julgo que os pais se inquietariam de novo — até porque teriam dificuldade em entender os filhos.

As diferenças entre a variante portuguesa e brasileira, que são enriquecedoras, costumam ser vistas como um incômodo. Em ocasiões como esta, há sempre quem defenda que mais vale admitir que são duas línguas diferentes. Seria ótimo para mim. Posso, de um dia para o outro, enriquecer o meu currículo dizendo que falo outro idioma. Serei poliglota instantâneo sem estudar nada, que é o meu modo favorito de obter qualificações. O meu livro de português do 6º ano tinha aquele poema da Cecília Meireles: "Eu canto porque o instante existe/ e a minha vida está completa./ Não sou alegre nem sou triste:/ sou poeta", e eu entendi tudo. Se o português do Brasil é outra língua, eu descubro agora, como o Monsieur Jourdain, que a falo desde criança.

# A ETIMOLOGIA AGRIDE?

Enquanto percorre o País das Maravilhas, Alice espanta-se várias vezes: "*How queer!*". Que estranho, quer ela dizer. Ou até mesmo: que anormal. Era esse o sentido que a palavra tinha no século XIX. E foi com esse sentido que o termo serviu para designar depreciativamente os homossexuais, mais tarde. Acontece que os homossexuais desse tempo sabiam que nós não controlamos o que os outros dizem. Mas controlamos o que dizemos. E, com isso, podemos mudar qualquer coisa, incluindo o discurso dos outros. Podemos até esvaziar uma agressão. Foi o que a comunidade homossexual fez com a palavra *queer*. Era um insulto. Hoje é um brasão. Designa, por exemplo, uma área de estudos: *queer studies*. Os homofóbicos até podiam continuar a usar a palavra com más intenções. Mas ela já não agredia. Tinha sido descarregada, como se faz com uma arma.

Às vezes, é o tempo que retira a munição à palavra. Por exemplo, se eu disser que determinado acontecimento é sinistro, nenhum canhoto se ofende. E, no entanto, etimologicamente o vocábulo remete para a esquerda, para a mão esquerda, e significa funesto, desgraçado, pérfido. Curiosamente, muito longe dos tempos em que os canhotos eram perseguidos e identificados com o diabo, hoje a palavra sinistro até pode significar, no Brasil, excelente. Investigar a origem etimológica das palavras é interessante; fazê-lo com a intenção de as recarregar com a munição que em tempos tiveram, mas foram perdendo, é um pouco absurdo. Ninguém recusa treinar numa esteira, na academia, apesar de o objeto ter começado por ser um instrumento de tortura, nas prisões.

Há dias, a Defensoria Pública da Bahia resolveu lançar um glossário de "expressões racistas do cotidiano", sugerindo que fossem abolidas da linguagem de todos os dias várias palavras que têm uma conotação racista devido à sua origem. Era o caso de "criado-mudo", "a dar com pau", ou "meia tigela". O problema é que nenhuma daquelas expressões tem, segundo quem estuda etimologia, a origem iníqua indicada pela Defensoria. Há uma tal volúpia em exibir superioridade moral fiscalizando o discurso dos outros que até se inventam motivos para patrulhar. Como se não houvesse já racismo suficiente no mundo, alguém ainda se dá ao trabalho de forjar racismo semântico imaginário. Receio que acabemos enforcando os dicionários todos, à cautela.

# O MUNDO FAZ MAL

A Nova Zelândia fez em setembro 114 anos, o que significa que já não é propriamente nova. Provavelmente por causa de algum reacionarismo que costuma vir com a idade avançada, o país prepara-se para aprovar uma lei que impede os nascidos de 2008 em diante de comprarem tabaco. Até fazerem dezoito anos? Não. Para sempre. Quando um jovem nascido em 2008 fizer oitenta anos, as pessoas de 81 poderão comprar tabaco, mas ele não. Ou seja, esta medida neozelandesa proporciona aos cidadãos a hipótese de, para todos os efeitos, terem uma mamãe até morrerem. Se um neozelandês for à tabacaria, a sua mamãe estará sempre lá a recomendar-lhe que não fume. Os americanos experimentaram uma coisa parecida, no início do século xx. As suas mamães proibiram-nos de beber durante os treze anos que durou a Lei Seca. Infelizmente, como nos lembramos, a mamãe de Al Capone não o proibiu de lucrar com o contrabando de bebidas. Muito menos gente morreu por causa do abuso do álcool; muito mais gente morreu por causa do crime organizado. Mas tenho a certeza de que todos os bandidos neozelandeses têm mamães muito mais rígidas.

Entretanto, uma pesquisa no Google por "mata mais que o tabaco" devolve 4.630 resultados. Alguns exemplos: poluição do ar mata mais que o tabaco, alertam cientistas; comer mal mata mais que o tabaco, dizem nutricionistas; o açúcar mata mais que o tabaco, segundo estudos recentes; o sedentarismo mata mais que o tabaco, de acordo com pesquisadores. E também: o consumo excessivo de bebidas alcoólicas mata mais rápido do que o fumo, sugerem investigadores. É difícil, por isso, entender a razão pela qual o Estado neozelandês se preocupa mais com o tabaco do que com outros hábitos nocivos. O ideal seria proibir tudo. Beber álcool, viver em cidades com níveis elevados de poluição, comer batata frita e bolos — tudo proibido. E tornar obrigatório o exercício físico. Se a Nova Zelândia quisesse ser verdadeiramente civilizada, forçaria os seus cidadãos a beberem água, a morarem no campo, a fazerem prova diária do consumo de saladas, e estabeleceria um plano de treinos nacional, com comparecimento obrigatório na academia, todas as manhãs.

# PERDOAI-LHES, SENHOR

O Centro Dom Bosco de Fé e Cultura voltou a tentar censurar o especial de Natal do Porta dos Fundos. Infelizmente, aquela associação católica insiste em entrar com ações judiciais no Tribunal de Justiça do Estado de São Paulo, e não no Tribunal do Santo Ofício, onde elas teriam, sem dúvida nenhuma, mais êxito. Desta vez, o especial do Porta é em formato de animação, o que traz uma novidade importante. Nos últimos tempos, só os fundamentalistas islâmicos se ofendiam com desenhos. Agora, isso acontece também com fundamentalistas cristãos, o que significa que o Porta dos Fundos conseguiu operar o milagre do ecumenismo. Gente de todos os credos, unida, melindrando-se com segmentos de reta e circunferências. Até fico comovido.

Se um vegano disser que nunca come carne, exceto em dia de churrasco, é provável que riam dele. Mas ninguém ri de quem se diz cristão enquanto não faz nada do que Cristo pede. Pelos vistos, é possível repetir todos os dias a frase "assim como nós perdoamos a quem nos tem ofendido" e não entender o que se diz. A Bíblia está cheia de recomendações para os membros do Centro Dom Bosco se comportarem de outro modo. "A sabedoria do homem lhe dá paciência; sua glória é ignorar as ofensas." (Provérbios 19,11) "O insensato revela de imediato o seu aborrecimento, mas o homem prudente ignora o insulto."

(Provérbios 12,16) Ou seja, acaba por prevaricar mais o cristão que quer punir ofensas do que aqueles que o ofendem. E também há aquela sugestão que, apesar de bastante importante, raros cristãos seguem: "Se queres ser perfeito, vai, vende tudo o que tens e dá-o aos pobres, e terás um tesouro no céu; e vem, e segue-me." (Mateus 19,21) É um pouco estranho que se ofendam por o especial do Porta colocar na boca do Senhor palavras que ele não disse, mas recusem levar a sério as palavras que Ele verdadeiramente proferiu. Ao menos, os autores do especial do Porta mostram ter lido a Bíblia. Talvez seja melhor o Centro Dom Bosco compor uma nova canção. Tomem nota: um dia uma criança me parou, olhou-me nos meus olhos a sorrir, caneta e papel na sua mão, especial de comédia para assistir. E perguntou no meio de um sorriso o que é preciso para ser feliz. Censurar como Jesus censurou.

# ORA POMBAS

Acho que é no livro *Requiem por um camponês espanhol* que Ramón J. Sender escreve: os padres são as únicas pessoas a quem todos chamam pai — menos os filhos, que lhes chamam tio. É uma observação interessante, mas é preciso reconhecer que a maioria dos padres, de fato, não tem filhos. Mesmo apesar de chamarem filho a todo o mundo. Por isso, quando li que o papa Francisco tinha criticado as pessoas que não querem ter filhos e os substituem por cães e gatos, não pude deixar de me sobressaltar. As pessoas que optaram por um modelo de vida que não inclui filhos estavam a ser criticadas por uma pessoa que optou por um modelo de vida que não inclui filhos. É uma coisa que não se vê todos os dias. Se alguém censurar os apreciadores de feijoada enquanto come uma feijoada, em princípio a gente ri. Mas aos padres, ao que parece, tudo se perdoa. Nas cerimônias de casamento, eles costumam tecer longos elogios às vantagens do matrimônio. Evidentemente, porque nunca foram casados. Se experimentassem, durante um período que não precisava ser superior a quinze dias, creio que as homilias seriam ligeiramente diferentes. Se eu, que nunca fui à guerra, for explicar a quem acabou de ser notificado para ir para o Afeganistão que está prestes a embarcar numa experiência maravilhosa, serei justamente corrido à pedrada. Aos padres, ninguém incomoda.

Já em 2015, o Papa tinha lamentado que certas pessoas considerassem as crianças uma fonte de preocupação. "Certas pessoas", Francisco? Essas pessoas têm um nome. Chamam-se "pais". Claro que as crianças são fonte de preocupação. Se não forem, não estamos a fazer o nosso trabalho direito.

Neste caso concreto, o caso é ainda mais grave. O Papa vai ao ponto de lamentar que as pessoas, além de não terem filhos, os substituam por cães e gatos. Não sei se estão a ver aonde quero chegar. Estamos a falar de um homem que coabita com o Espírito Santo — que, ao que tudo indica, é uma pomba. A desfaçatez, meu deus. Além disso, e sem querer ser má-língua, parece-me que há aqui um problema de, digamos, decoro. Talvez não seja a melhor ideia que o líder de uma organização que tem tido tantos problemas com casos de pedofilia venha a público pedir às pessoas que produzam mais crianças. Convenhamos que não soa muito bem.

# SOBRE NEUTRALIDADE

Jair Bolsonaro afirmou esta semana que o Brasil irá adotar um posicionamento neutro na questão da invasão russa à Ucrânia. A propósito da chegada do exército russo a Kiev, Bolsonaro considerou que é um "exagero falar em massacre". "Estive há pouco conversando com o presidente Putin, mais de duas horas de conversa. Tratamos de muita coisa, a questão dos fertilizantes foi das mais importantes", disse o presidente. E acrescentou: "Não tem nenhuma sanção ou condenação ao presidente Putin".

Jair Bolsonaro afirmou esta semana que o Brasil irá adotar um posicionamento neutro em relação à Bruxa Má e à Branca de Neve. A propósito da maçã oferecida pela Bruxa, Bolsonaro considerou que é um "exagero falar em envenenamento". "Estive há pouco conversando com a Bruxa, mais de duas horas de conversa. Tratamos de muita coisa, a questão dos espelhos foi das mais importantes, pois creio que ela é, de fato, a mais bela do reino", disse o presidente. E acrescentou: "Não tem nenhuma sanção ou condenação à Bruxa".

Jair Bolsonaro afirmou esta semana que o Brasil irá adotar um posicionamento neutro no litígio entre o Império e a Aliança Rebelde. A propósito da captura da princesa Leia, Bolsonaro considerou que é um "exagero falar em sequestro". "Estive há pouco conversando com Darth Vader, mais de duas horas de conversa. Tratamos de muita coisa, a questão da asma foi das mais importantes, pois estou preocupado com a broncoconstrição dele", disse o presidente. E acrescentou: "Não tem nenhuma sanção ou condenação a Vader".

Jair Bolsonaro afirmou esta semana que o Brasil irá adotar um posicionamento neutro no conflito que opõe o mosquito da dengue e a humanidade. A propósito das picadas em seres humanos, Bolsonaro considerou que é um "exagero falar em infecção". "Estive há pouco conversando com o pernilongo, mais de duas horas de conversa. Tratamos de muita coisa, a questão das águas paradas foi das mais importantes, uma vez que o mosquito prefere pôr os seus ovos em ambientes com temperatura amena, sombra e resquícios de matéria orgânica, que temos todo o gosto em proporcionar", disse o presidente. E acrescentou: "Não tem nenhuma sanção ou condenação ao mosquito".

# OBRIGADO, ARTHUR DO VAL

Sinceramente, agradeço. Era uma dúvida que eu tinha: até que ponto a gente tolera cretinice? Quando Trump revelou o modo como lidava com mulheres bonitas que acabava de conhecer, desculpou-se dizendo que se tratava de conversa de vestiário. Muita gente concordou. Eu também. Porque, supus, estávamos a falar do vestiário da prisão. Acredito que seja o tipo de conversa que decorre lá. Entretanto, Bolsonaro disse ter tido quatro filhos e uma filha porque, depois de ter concebido os quatro homens, deu uma fraquejada. Antes disso, ele já tinha revelado que não estupraria uma deputada porque ela não fazia o seu tipo, e tinha acusado uma jornalista de querer "dar o furo". Os filhos que Bolsonaro teve sem fraquejar também têm produzido várias declarações que costumam ser consideradas manifestações de "masculinidade tóxica". Discordo da designação. Por uma razão simples: aquilo não é masculinidade. Quando um touro defeca, isso não é bovinidade tóxica. Não decorre do fato específico de ele ser um boi, mas sim do fato geral de ele ser um animal. Mas agora, finalmente, descobrimos o nosso limite. Quando as opiniões de Arthur do Val, conhecido pelo apelido Mamãe Falei, se tornaram públicas, percebemos que a nossa linha vermelha era aquela. E também ficou clara a razão pela qual o deputado é, ao que parece, o orgulho de sua mamãe sempre que fala. Confrontado com o horror da guerra, ele conseguiu operar um milagre de que só os maiores poetas são capazes: descobrir, no meio da devastação e da morte, uma flor. No caso, ele contemplou aquele cenário desolador e notou que as mulheres ucranianas, além de bonitas, são, e cito, "fáceis, porque são pobres". Todos pensávamos que nada de bom podia sair da guerra, mas Arthur do Val descobriu um aspecto positivo. Infelizmente, e logo por azar, essas declarações assinalaram o fim da nossa tolerância à cretinice. Até Bolsonaro as considerou asquerosas, que é a maior condenação possível. Quando Bolsonaro acha que uma opinião sobre mulheres é inaceitável, sabemos que alguma coisa muito grave foi dita. Agora resta saber que tipo de punição social vai ter Arthur do Val. Espero que não seja alvo de um ostracismo tal que o condene à miséria. Embora essa condição de total vulnerabilidade, muito provavelmente, o tornasse fácil. E se alguém consegue encontrar o lado positivo dessa circunstância é ele.

# JAIR WHITMAN

Quem quiser saber a diferença entre um poeta americano e um presidente brasileiro, olhe para aqui: quando o poeta americano se celebra e se canta a si mesmo, a gente aplaude; se o presidente brasileiro pendura uma medalha no próprio peito, todo o mundo critica. Bolsonaro é complexo como Walt Whitman, e é possível que, como o poeta famosamente declarou, também contenha multidões. Nas multidões que Bolsonaro contém, ao que parece, o seu índice de aprovação é bastante elevado — e isso distingue radicalmente as multidões que ele contém das que ele não contém. Em março deste ano Bolsonaro acredita ser merecedor da Medalha do Mérito Indigenista. Mas, em novembro do ano passado, Bolsonaro tinha distinguido com a Ordem do Mérito Científico o antropólogo Alfredo Wagner Berno de Almeida, que sempre criticou a intenção do presidente de permitir a exploração de minérios nas terras indígenas. O que significa, logicamente, que Bolsonaro vê mérito científico em quem não vê nele mérito indigenista. Ou seja, há uma possibilidade de o presidente se ter condecorado com a Medalha do Mérito Indígena contra a sua própria vontade. Nesse caso, a honraria terá sido mais um sacrifício a que ele se submeteu em nome do povo brasileiro. Vamos esperar que a medalha não lhe pese demasiado no peito.

Tudo bem, quem agora atribuiu esta condecoração a Bolsonaro não foi exatamente ele, foi o seu ministro da Justiça. É mais ou menos o mesmo, mas apesar de tudo é diferente. O ministro premiou o seu próprio chefe, pelo que deveria ter sido nomeado também Grão-Mestre da Ordem dos Puxa-Sacos. Quer isto dizer que, provavelmente pela primeira vez na história, uma única condecoração conseguiu envergonhar duas pessoas. Normalmente, uma distinção honra uma pessoa. Esta desonra duas. Não é fácil. E há outro aspecto deste caso que não pode deixar de se considerar positivo: quando o ministro da Justiça atribui a Medalha do Mérito Indigenista a quem mais tem afrontado as comunidades indígenas ele demonstra, mais uma vez, que a justiça é cega. E é assim mesmo que deve ser.

# ALMOÇO DE NEGÓCIOS: UM FLAGELO

Tenho conseguido passar pela vida sem participar do mundo dos adultos, com a ajuda de Deus. Não sei se Deus está a proteger-me a mim ou aos adultos, mas em qualquer dos casos agradeço. Em minha casa, sou uma espécie de ministro da Cultura: disponho de um orçamento muito reduzido e não tenho verdadeiro poder para decidir sobre qualquer matéria importante. Fora de casa, nunca tive uma ocupação que a minha avó considerasse um emprego autêntico. Para a minha avó só havia cinco profissões: médico, engenheiro, arquiteto, professor e advogado. Todo o resto do mundo era vagabundo. Estava profundamente errada, claro. É preciso não esquecer que ela era de outro tempo — um tempo em que, pelo visto, advogados não eram vagabundos.

No entanto, e apesar da minha habilidade para evitar compromissos e responsabilidades, acabei por me ver envolvido, duas ou três vezes, na maior abominação do mundo empresarial: o almoço de negócios. É preciso ser um tipo muito perverso de pessoa para misturar uma coisa tranquila e prazerosa como o almoço com a fria e suja realidade dos negócios. O negócio, como a etimologia indica, é a negação do ócio — o que significa que o almoço de negócios é a negação do almoço. Sempre que vou a um almoço de negócios, fico impaciente bem antes da sobremesa de negócios. Começo a pensar na digestão de negócios que me espera, e não me concentro no almoço nem nos negócios. É uma invenção tão pérfida quanto ridícula. Organizar um almoço de negócios faz tanto sentido como combinar uma ida à praia industrial, ou a um cinema agrícola, ou uma trepada imobiliária. Há que escolher entre o prazer e a atividade econômica. Ou se almoça ou se pensa em negócios; ou se come ou se mercadeja. A mesma lei que proíbe animais nos restaurantes devia impedir a realização de almoços de negócios. As outras pessoas que estão no restaurante não podem ser obrigadas a olhar para gente empenhada na captação de recursos financeiros, na celebração de vínculos com efeitos jurídicos e na geração de lucro. Que nojo. Estamos a comer.

# PORTUGUÊS ATRAVESSA
# ESTRADA EM LONDRES

Esta semana aconteceu de novo: eu estava noutro país, aproximei-me de uma faixa de pedestres e havia dois grandes grupos de cidadãos estrangeiros, de cada lado da estrada, todos muito civilizados, esperando que o sinal ficasse verde. Na estrada, nem um carro. Passaram alguns segundos. E então, evidentemente, eu atravessei sozinho. Primeiro, os estrangeiros sustiveram a respiração. O que fazia aquele bárbaro? Com que desfaçatez transgredia a regra, desrespeitava a autoridade da luz vermelha? Quereria ele fazer ruir toda a civilização? E por que é que ele era tão bonito? Estrangeiros sabem analisar situações. Mais alguns segundos passaram. Depois, primeiro hesitantes mas logo decididas, as pessoas civilizadas começaram a atravessar a estrada ignorando o sinal. Havia surpresa nelas mas, pareceu-me, também aquela forma de alegria que só a fruição da liberdade proporciona. E depois veio um carro e atropelou três. Mentira. Correu tudo bem. E não foi a primeira vez que eu libertei estrangeiros do jugo da luz vermelha em estradas desertas. Quase sempre que atravesso estradas noutros países sou Simón Bolívar de pedestres.

Não é uma característica exclusiva de portugueses. Uma vez, em São Paulo, eu conversava com um amigo brasileiro sobre a quantidade de carros com todos os vidros escuros. "Em Portugal isto é proibido", disse eu. "É, aqui também", disse ele. Nunca ficou tão claro para mim que, de fato, portugueses e brasileiros são povos irmãos. Para nós, as regras são, digamos, uma referência. Claro que a gente quer cumpri-las — e cumpre, a maior parte das vezes. Mas desconfiamos delas, adaptamo-las, tornamo-las um pouco mais humanas. A rigidez não nos agrada. Dizem que Júlio César, o imperador romano, terá escrito, a propósito das tribos que habitavam o território que hoje corresponde a Portugal: "Há, nos confins da Ibéria, um povo que nem se governa nem se deixa governar". Foi muito perspicaz da parte dele, até porque na altura não havia faixas de pedestres. Podia ter dito o mesmo de um certo povo que vive agora nos confins da América do Sul. À circunstância admirável de a gente não se deixar governar, ele juntou o problema: também não nos governamos. Porque isto do temperamento rebelde à autoridade, realmente, não é só poesia. Mas uma coisa é certa: o fascismo não combina conosco.

# CONFIRMA-SE: DEUS É BRASILEIRO

Apesar de ter, provavelmente, vários outros assuntos urgentes para tratar, Deus resolveu dedicar bastante atenção às eleições brasileiras. Na Indonésia, Ele permitiu que houvesse um terremoto, um tsunâmi e uma erupção vulcânica. Nos Estados Unidos, deixou que matassem onze judeus numa sinagoga — o que não pode ter deixado de O transtornar, uma vez que tem judeus na família. E uma das minhas unhas continua encravada, sempre perante a Sua passividade.

Mas vale a pena examinar a intervenção que teve nas eleições do Brasil. Muitos refletiram sobre o comportamento do PT, do candidato vitorioso e dos eleitores — mas sobre a ação de Deus, nem uma palavra dos analistas políticos. E, no entanto, no discurso de vitória, Jair Bolsonaro agradeceu-Lhe pela oportunidade, e disse que tinha sido Ele a salvá-lo do atentado. Por outro lado, Adélio Bispo de Oliveira, o autor do atentado, disse que quem lhe deu a ordem para matar Bolsonaro foi Deus. Significa isto que Deus queria eleger Bolsonaro, mas ao mesmo tempo também queria dar-lhe uma facada. Ou seja, era aquilo a que se costuma chamar um eleitor indeciso.

A maioria dos brasileiros indecisos anulou o voto. Mas Deus tem recursos inacessíveis aos outros eleitores e optou por esta estratégia: votou em Bolsonaro, mas primeiro tentou matá-lo.

Não sou especialista em ciência política, mas parece-me uma lição de democracia muito interessante. É um voto de confiança acompanhado de um voto de desconfiança. Apoia, mas com reservas. Elege, mas dá um aviso — e um aviso claro, com a eloquência que só uma facada nas tripas pode ter.

Um dos problemas da democracia é que a cruzinha no boletim não é capaz de captar todas as sutilezas do voto. Ou se vota sim ou não. Ora, às vezes vota-se num determinado candidato sem convicção, ou até com repugnância, ou como forma de protesto. Mas a cruzinha só transmite a mensagem simplista do apoio. Fazia falta que, para cada candidato, houvesse uma lista de opções: voto nele; voto nele contrariado; voto nele mas, se pudesse, dava-lhe uma facada. Foi o que Deus, sabiamente, fez. Se pudéssemos ir temperando a ação e o discurso dos dirigentes políticos à força de facadas, talvez a democracia tivesse adeptos mais fervorosos.

# QUE DROGA!

Os alunos de marketing deviam parar de estudar a Apple e começar a estudar a cocaína. Sim, a Apple vende muito, mas a cocaína vende ainda mais — e com uma estratégia completamente oposta. A droga não tem um *design* sedutor, uma marca concebida por especialistas, um logotipo memorável. É cara, não está à venda em lojas, faz mal à saúde. Não tem anúncios engraçados protagonizados por celebridades. Ainda assim, vende. Lembra--se daquele episódio da série *Narcos* em que o Wagner Moura reúne com o departamento de marketing do cartel de Medellín? Claro que não se lembra, porque nunca aconteceu. Não é preciso. Ninguém perde tempo a desenhar uma embalagem bonita para colocar a droga. Aliás, nenhum consumidor do produto ignora a embalagem na qual a cocaína atravessa a fronteira: normalmente, é o rabo do traficante. Eu tenho uma regra na vida: não consumir nada que já tenha estado no rabo de alguém. Abro uma única exceção para ovos. Os ovos são, aparentemente, a cocaína da natureza. As galinhas traficam-nos usando o mesmo método, igualzinho. Mas a ideia de consumir produtos que já tenham estado no rabo de colombianos que eu não conheço, sinceramente, não me fascina. Abro uma única para a Sofía Vergara. De qualquer modo, é um modelo de negócio que tinha tudo para falhar. Trata-se de uma péssima estratégia comercial:

— Tenho comigo o melhor produto que já provaste. Queres comprar?

— Claro. Onde está?

— No meu rabo. Só um momento.

E, no entanto, é um sucesso. As grandes marcas deviam pôr os olhos na droga e copiar o seu modelo de marketing. Tudo indica que os consumidores gostam deste estilo mais puro, sem grandes artifícios publicitários. Há que operar essa revolução na promoção dos produtos convencionais. Dizer claramente ao consumidor: escute, estes nossos iogurtes podem matá-lo. São caros e não temos posto de venda. O governo não quer que a gente lhos venda, e por isso você pode ser preso se os adquirir. Ah, é verdade: têm de ser consumidos pelas narinas. Mas estão fresquinhos, porque o nosso CEO acabou de introduzi-los pessoalmente no país dentro do seu próprio rabo. Compre já.

# SOFRER COMO UM CÃO
## POR CAUSA DE CERTOS BURROS

Quando se soube que a PETA, a associação internacional de defesa dos direitos dos animais, tinha uma proposta para melhorar a vida dos animais, fiquei curioso. Gosto muito de animais e interessa-me diminuir o seu sofrimento. Depois tomei conhecimento do teor da proposta e constatei, com alguma irritação, que ela não só não diminui o sofrimento dos animais como aumenta o meu. A ideia da PETA é substituir algumas expressões por outras. Por exemplo, *"Kill two birds with one stone"*, ou seja, "Matar dois pássaros com uma pedra", passa a ser *"Feed two birds with one scone"*, isto é, "Alimentar dois pássaros com um *scone*". Em Portugal nós dizemos "Matar dois coelhos com uma cajadada". Eu já usei essa expressão várias vezes, embora nunca tenha matado um coelho nem tenha alguma vez sido proprietário de um cajado. Mas a PETA está convencida de que as pessoas, à força de repetirem estas expressões, podem achar boa ideia levá-las à prática. Acontece que a nova expressão também coloca problemas. O primeiro é que não significa o mesmo. Matar dois pássaros com uma pedra requer habilidade. Alimentar dois pássaros com um *scone* não é proeza nenhuma. Em princípio, um *scone* alimenta vários pássaros. O segundo problema é que o *scone* também mata. O colesterol das aves não é brincadeira. Mesmo a dividir por dois, um *scone* tem demasiado açúcar e gordura para o organismo dos pássaros. Outra sugestão da PETA é substituir a expressão "Pegar o touro pelos cornos" pela mais decente "Pegar a flor pelos espinhos". Mais uma vez, o problema é que a primeira expressão pretende exprimir coragem, e a segunda exprime apenas masoquismo imbecil. "Eis uma mulher que pega o touro pelos cornos" designa uma pessoa determinada que queremos ter na nossa empresa (muito embora ela, provavelmente, nunca tenha participado numa tourada). Por outro lado, ao dizer que "o Fernando é uma pessoa que pega a flor pelos espinhos", estamos a definir o Fernando como um idiota que toma decisões questionáveis. Há atualmente uma inclinação para a literalidade que faz com que certas pessoas não entendam que, quando você está num bate-papo com um puxa-saco, ninguém está batendo nem puxando nada. E não há saco para os que nem sequer entendem que não há saco nenhum. Sacou?

# ESTÁS A RIR DE QUÊ?

Os guardas foram buscar o prisioneiro para o levar ao pátio onde ele seria executado. No caminho entre a cela e o cadafalso, o prisioneiro foi a rir à gargalhada. Conhece esta história? É provável que não, porque nunca aconteceu. Seria uma ocorrência mesmo muito estranha. Mas faz lembrar qualquer coisa: é a nossa vida. Nós sabemos que vamos morrer (desculpem, talvez eu devesse ter dito: *spoiler alert*) — ou seja, temos consciência de que vamos a caminho do cadafalso — e, no entanto, rimos durante o caminho. Quando alguém pergunta "estás a rir de quê?", espera sempre que quem responde reconheça que não há motivo para rir. Estás a rir de quê?, o meu chapéu não é assim tão ridículo, a minha queda não foi nada engraçada, o meu erro não dá vontade de rir. Ora, a resposta à pergunta "Estás a rir de quê?" é sempre: estou a rir do fato de não ter qualquer motivo para rir. É disso que o prisioneiro — e nós — rimos. Quem tem motivo para rir, como é óbvio, não ri. Por exemplo, Deus. Criou o mundo, e qualquer crítico de arte é forçado a reconhecer que se trata de uma obra bem interessante, cheia de boas ideias. O mar: lindo. Montanhas: que beleza. Árvores: que conceito estranho mas tão bem conseguido. Seios: que triunfo. Quantos grandes gênios, ao longo da história, tiveram uma ideia tão boa como seios? Continua a ser a fasquia a ultrapassar por artistas de todos os tempos e lugares. Porém, e talvez por isso, Deus não ri: só ri quem não tem motivo para rir. Quem ri mais: os pobres ou os ricos? Os pobres, claro. Precisamente por não terem motivo.

O escritor Gonçalo M. Tavares comparou a vida a uma queda. A metáfora não é nova, mas ele foi específico: estamos todos a cair de um 40º andar. Os nossos corpos vão percorrendo o espaço vazio até ao fim inevitável, e vamos juntos mas sozinhos, ao mesmo tempo. Nesse processo, de nada adianta sermos fortes, inteligentes ou belos. A nossa força, beleza ou inteligência não tem qualquer préstimo — nem para nós nem para os outros. Mas a capacidade de fazer rir, não sendo capaz de evitar a queda, torna o percurso menos difícil. Não é muito. Na verdade, é quase nada. Mas é o que há. É uma missão nobre, fazer rir. Boa queda para todos.

# PARABÉNS, FACEBOOK.
## E BOA SORTE NA VIDA

Na semana em que se comemora o 15º aniversário do Facebook, resolvi empreender uma profunda reflexão sobre o 15º aniversário da minha ausência no Facebook. Nesta década e meia eu não assinalei publicamente a minha mágoa pela morte do Prince, não exibi o meu veemente repúdio pela guerra na Síria e não dei a conhecer a minha opinião sobre a cor daquele vestido que podia ser dourado, mas também podia ser azul. Estou a viver à antiga, como se fosse 2003. Se um amigo faz anos, dou-lhe os parabéns com a boca, artesanalmente. Eu falo, os sons propagam-se no ar, e ele ouve. Tudo sem a intermediação de quaisquer bonecos amarelos. Em vez de 5 mil amigos, tenho uns dez. Às vezes discutimos, mas não em público, com desconhecidos a verem e a comentarem a discussão. De vez em quando encontro pessoas que já não via há muito, mas é na rua. Cumprimento-as e depois retomamos as nossas vidas, cientes de que, se tínhamos perdido o contato, por alguma razão foi.

Só pelas perguntas parvas que faz, o Facebook denuncia a idade que tem. São dúvidas de criança: quem você seria se fosse uma pedra?, e uma flor?, e um animal?, e uma figura do passado? Além da pergunta permanente, que não lhe sai da cabeça: em que está a pensar? O Facebook ainda não tem idade para compreender que a condição fundamental para o bom funcionamento da vida em sociedade é nós não revelarmos uns aos outros aquilo em que estamos a pensar.

Por não estar no Facebook, nunca tive de fazer diplomacia de *likes*: se puser um *like* nesta publicação irei indispor outras pessoas?; por outro lado, se não puser irei indispor esta? Não sei quais são as dez melhores praias que tenho de conhecer antes de morrer. Nunca li o que Abraham Lincoln disse sobre os perigos da internet. Só comuniquei a um grupo muito reduzido de pessoas onde estava, com quem, e com que estado de espírito. Até porque em princípio estava em casa, sozinho e a sentir-me amorfo, como sempre. Quando me indignei, que terão sido três vezes nos últimos quinze anos, fiquei irritado durante algum tempo e depois fui fazer outra coisa. Nunca fiz *refresh* para ver se o meu comentário tinha respostas ou *likes*. Mantive as fotografias das minhas férias dentro de álbuns que ninguém vê — nem mesmo eu —, que são o lugar delas. Vou tentar sobreviver outros quinze anos.

# PARA UMA FILOSOFIA DA URINA

No filme sobre o pornógrafo americano Larry Flynt, o seu advogado tenta persuadir o júri de que Flynt tinha o direito de divulgar pornografia ao abrigo da liberdade de expressão. Sabemos hoje que essa argumentação não é a mais eficaz. Larry Flynt devia ter dito sobre o que publicava na revista *Hustler*: "Não me sinto confortável em mostrar, mas temos de expor a verdade para a população ter conhecimento e definir sempre as suas prioridades". No que toca à pornografia, há divulgações benignas e divulgações malignas. Se o pornógrafo publicar pornografia enquanto bate no peito e brada "Oh, como eu abomino as imagens que estou a ver e a divulgar!", ele é um cidadão decente e temente a Deus. Sempre que consumo pornografia, é precisamente com esse intuito: o de abominar todas aquelas poucas-vergonhas, e com a vontade de conhecer até poucas-vergonhas novas, para que nenhuma deixe de ser abominada por mim. Foi o que fez Jair Bolsonaro. Com intenção pedagógica, mostrou a toda a gente um vídeo em que um homem urina na cabeça de outro. Deus acima de tudo e xixi para cima de todos. É o prometido regresso a um passado de decoro, asseio e valores tradicionais, àqueles bons velhos tempos em que as comunicações do presidente incluíam imagens pornográficas. Que saudade.

Um dia depois de ter reunido o povo brasileiro em torno de um vídeo pornográfico, o presidente fez uma pergunta à nação: o que é o *golden shower*? Não ficou claro se Bolsonaro procurava um esclarecimento pessoal ou se queria lançar o debate (aliás urgente) sobre o tema na sociedade brasileira. Mas era óbvio que estávamos perante a entrada fulgurante da urina na discussão política. Finalmente, um tema que eu domino. Há anos, li um estudo sobre as implicações filosóficas da urina — ou, mais exatamente, da vontade de urinar. Dois cientistas tinham descoberto que, quanto mais as pessoas têm vontade de urinar, menos acreditam no livre-arbítrio. A ideia de que somos livres e controlamos o nosso destino parece menos plausível quando estamos aflitos para ir ao banheiro. A crença na liberdade e o alívio da urina estão relacionados. Talvez fosse essa a intenção de Bolsonaro: apelar à retenção da urina — e, assim, transmitir a ideia de que a nossa liberdade é limitada. Já tínhamos entendido. O vídeo era desnecessário.

# PARVOÍCE INFINITA

O leitor está familiarizado com o Teorema do Macaco Infinito? Se, como eu, é tão apreciador de teoremas como de macacos infinitos, estará certamente. Mas àquele reduzido número de leitores que não têm interesse especial por proposições demonstráveis e símios eternos, posso revelar que se trata de um teorema que afirma o seguinte: se um macaco martelar aleatoriamente as teclas de uma máquina de escrever durante um tempo infinito, acabará por, quase de certeza, datilografar um texto como, por exemplo, as obras completas de Shakespeare. Não é, admito, um teorema a que se adira com facilidade. O bom senso diz-nos que o mais provável é que o macaco use os primeiros dez minutos do tempo infinito para partir a máquina de escrever e depois passe o resto da eternidade a comer bananas infinitas. Além disso, é um teorema difícil de provar, sobretudo tendo em conta a escassez de macacos infinitos — que obstaculiza o progresso científico de várias maneiras.

Foi dessa frustração teórica que parti para postular o muito mais facilmente verificável Teorema do Ser Humano Finito. Diz assim: se certos seres humanos martelarem as teclas de um computador durante um tempo que não precisa de ser infinito, acabarão por, quase de certeza, conceber ideias próprias de um macaco. A experiência decorre, com um sucesso assinalável, na internet. Esta semana, a internet lembrou-se de lançar um dos seus célebres "desafios". Este chama-se *cheese challenge* e consiste no seguinte: lançar uma daquelas fatias quadradas de queijo à cara de um bebê. Era mesmo do que os bebês precisavam: mais comida na cara. Várias pessoas, munidas de queijo e de bebê (sendo que não deviam ser autorizadas a possuir nem um nem outro), já aceitaram o desafio e, como é evidente, registraram a sua prestação em vídeo. As imagens mostram vários bebês desprevenidos que levam com uma fatia de queijo na cara. Há três grandes tipos de reações: uns bebês começam a chorar; outros ficam mesmo surpreendidos com o impacto e param, estarrecidos, só com um olho a espreitar por trás da fatia de queijo. Como quem pensa: eu não acredito que um adulto que eu amo e respeito acabou de atirar um laticínio ao meu mini-rosto. E, finalmente, há os que pacientemente tiram a fatia da cara e a comem. São os meus favoritos. Que fazer quando a vida nos atira queijo à cara? Comê-lo.

# NASCI PARA TE CONHECER, DITADURA

Winston Churchill disse a célebre frase, "a democracia é o pior de todos os sistemas, com exceção de todos os outros", e ainda hoje é citado com admiração. Bolsonaro concorda plenamente com a frase até a palavra "sistemas" e é achincalhado. A diferença são apenas quatro palavras a menos. É o suficiente para determinar que um seja um renomado estadista mundial e o outro um reles antidemocrata? As pessoas podem ser muito mesquinhas. Algumas dessas pessoas integram a organização Human Rights Watch. Elas divulgaram um comunicado que dizia: "Bolsonaro critica com razão os governos cubano e venezuelano por violarem os direitos básicos da população. No entanto, ele celebra ao mesmo tempo uma ditadura militar no Brasil [...]. É difícil imaginar um exemplo mais claro de dois pesos e duas medidas". Ora, ter dois pesos e duas medidas é questão de sensatez. Se na rua alguém me abrir a barriga com uma lâmina, isso é um crime; se no hospital um médico fizer o mesmo, é medicina. São dois pesos e duas medidas. Do mesmo modo, os povos cubano e venezuelano, que são dóceis e bons, não merecem uma ditadura. Mas para o povo brasileiro, que é malandro, a prisão e a tortura são medicinais. As ditaduras de esquerda são facadas na rua; as ditaduras de direita são tratamentos médicos com bisturi. Há muita gente que não tem o palato educado para as ditaduras.

São fracos *sommeliers* de regimes políticos. Dou outro exemplo: alguns apreciadores de *golden shower* devem ser denunciados no Twitter. Com outros, podemos reunir-nos amigavelmente na Casa Branca. O mundo é complexo, malta.

Entretanto, Ernesto Araújo, ministro das Relações Exteriores do Brasil, disse que o nazismo foi um movimento de esquerda. Algumas pessoas discordam. Por exemplo, todos os nazis. Nenhum deles se diz de esquerda. Na verdade, eles abominam a esquerda. Mas agora coloca-se o problema: se você discorda de Ernesto Araújo, você concorda com os nazis. E quem concorda com nazis costuma ser nazi. Ou seja: ou somos nazis, ou somos como Ernesto Araújo. A vida não está fácil.

# TUDO SE ADMITE À INTERNET

A tecnofilia, uma das perversões que mais me assustam, tem certas manifestações bastante sutis. Por exemplo, sempre que alguém que escreve, canta ou representa diz que produz conteúdos para a internet, fico um pouco arrepiado. Nunca, em toda a história do mundo, um vinicultor disse que produzia conteúdos para garrafas, porque o vinicultor respeita demasiado o vinho para dizer uma coisa dessas. Até porque não está particularmente deslumbrado com a existência de garrafas. Sim, garrafas são úteis, mas o que interessa é o vinho. No entanto, há artistas que têm tal admiração pela internet que se satisfazem em dizer que produzem conteúdos para lá.

Se, em 1990, eu fosse à banca comprar o jornal e o vendedor me perguntasse o nome e o número do telefone, eu não compraria. Iria a outra banca, comprar a vendedor menos intrometidó. Hoje, se eu quero comprar um jornal na internet, forneço esses e outros dados. Se o vendedor de 1990 ficasse a ver-me a ler o jornal, a registrar as notícias que me interessavam mais, e depois fosse vender essas informações a empresas, eu chamaria a polícia. Se ele tentasse introduzir-me um *cookie* para me reconhecer da próxima vez que me visse, em princípio seria preso.

As pessoas não toleram a mais ninguém aquilo que a internet nos faz. Há dias quis ver um vídeo e fiquei com a falangeta que manobra o botão do mouse em carne viva. Um clique para abrir o *site*. Outro para concordar com a política de *cookies* do *site*. Outro para impedir que o *site* passe a enviar-me notificações. Outro para ligar o vídeo. Outro para fechar um *pop up* porque o símbolo de ligar o vídeo era falso. Outro para voltar a ligar o vídeo. Outro para saltar o anúncio. Outro para fechar o *site* porque entretanto tinha passado meia hora e eu já não me lembrava de que vídeo era aquele que eu queria ver. É o equivalente a falar com uma pessoa chata. Antes de ela terminar a história, faz vários apartes sem interesse. E, completamente sem aviso, ainda pergunta se queremos aumentar o pênis. Se a internet fosse uma pessoa, levava surras todos os dias.

# PRIMEIRO VIERAM PELOS HUMORISTAS

Em 1943, um advogado americano amante de comédia cha-mado Nat Schmulowitz publicou o opúsculo *The Nazi Joke Courts*, sobre os tribunais especiais que o regime nazi tinha para julgar quem contava certas piadas. Por exemplo: Hitler e Göring estão no topo da torre da rádio de Berlim. Hitler diz: "Gostava de pôr um sorriso na boca de todos os berlinenses". Göring pergunta: "Por que é que não saltas?". A mulher que contou esta piada foi presa, claro. Aquele era o tipo de regime em que se ia preso por dizer uma piada. Em regimes como o nosso, pensamos de outra maneira. Lembra-se daquela piada que matou duas pessoas e feriu sete? Nunca aconteceu. E aquela tira de quadrinhos que partiu a perna a uma leitora? Também não existe. Nas nossas sociedades, tendemos a acreditar que aquilo que não causa dano não é crime, e que o maior dano que uma piada pode causar é não ter graça. Além disso, se uma piada sem graça causa algum dano, é na reputação do seu autor.

Já sei, já sei: mas uma piada não pode agredir? Não pode ser cruel? Pode. Mas talvez seja bom lembrar que as piadas existem, digamos, num plano de realidade diferente. Na nossa língua, costumamos recorrer a uma formulação útil: estás a falar a sério? Se sim, há um problema; se não, não há. Imagine que alguém cai de um precipício e se esborracha no chão, todo espalmado.

Horrível, não é? Então por que é que deixamos as crianças assistirem a Tom e Jerry, em cujas histórias isso acontece com tanta frequência? Porque, na comédia, a dor não é bem dor, a crueldade não é exatamente crueldade. Chaplin e Buster Keaton tinham o corpo de borracha, e — melhor ainda — tinham o ego de borracha. É isso que a comédia oferece. Por isso é que tem licença para exagerar.

Tendo em conta o atual ambiente, talvez eu deva esclarecer que estou nos antípodas políticos do humorista Danilo Gentili. Acontece que, entre as sociedades nas quais o Danilo pode gozar dos políticos em quem eu voto (e eu posso gozar dos políticos em quem ele vota) e aquelas em que ninguém pode gozar de ninguém, eu prefiro as primeiras. Nessas, os cidadãos têm direito ao mau gosto, à grosseria, até a abjeção. É o preço — apesar de tudo, bastante pequeno — que pagamos pela liberdade.

# TABACO OR NOT TABACO

Nada perdeu mais prestígio, nos últimos cinquenta anos, do que o tabaco. Nos filmes já praticamente ninguém fuma. Nem na televisão. Para não dar maus exemplos. A série *A guerra dos tronos* não tem um único fumador. Eles decapitam gente, assassinam crianças, dormem com os irmãos — mas, graças a Deus, não fumam. Disse isso a um amigo e ele respondeu: naquele tempo não havia tabaco. Eu perguntei: que tempo? O dos dragões? E ele refugiou-se no seu copo, que continha uma bebida que, aliás, mata mais do que o tabaco. No entanto, a garrafa continua a ter um rótulo bonito, enquanto os cigarros passaram a ser vendidos em embalagens com fotografias de defuntos. Eu ainda sou do tempo em que fumar era bonito e publicar fotos de cadáveres era feio.

Há um ano, um grupo antitabaco queixou-se de que a Netflix infringia essas novas regras não escritas: nas suas séries havia muitos "incidentes de tabaco", ou seja, várias personagens fumavam. Acredito que seja chocante ver Wagner Moura, em *Narcos*, a traficar cocaína e a eliminar adversários ao tiro e à bomba ao mesmo tempo que fuma um cigarro ou um charuto. É como criticar que uma pessoa que chafurda numa pocilga, de repente, cuspa no chão. Olha aí a falta de civismo, que há crianças a assistir. Apague o cigarro enquanto trafica e mata, ó mal-educado. Comporte-se.

Acontece que, este mês, dois estudos indicaram que as dietas ricas em carnes vermelhas e a poluição atmosférica matam mais do que o tabaco. Significa isto que, quando um fumador sai do restaurante para vir fumar cá fora, ele está a prejudicar mais a sua saúde quando respira o ar da cidade do que quando puxa uma fumaça. Entre a digestão da carne que comeu, o ar poluído que respira e o cigarro, o que lhe faz menos mal é o tabaco. Incrivelmente, os filmes continuam a incluir cenas de churrascos, a porta dos açougues continua a não ter fotos de cadáveres comedores de picanha e os cidadãos não são aconselhados a sair à rua de escafandro. E ninguém se insurge contra a barriga que Wagner Moura ostentava quando planejava fazer explodir um avião. Fazem falta novas indignações. Olha aí o perímetro abdominal, assassino.

# REDES SOCIAIS INCENDEIAM
## AS REDES SOCIAIS

O jornal *Folha de S.Paulo* criou um GPS ideológico que analisa a inclinação política de utilizadores do Twitter. Teriam poupado tempo e dinheiro se me tivessem perguntado. As pessoas que debatem na internet costumam ser de extrema--qualquer coisa. No Twitter, mesmo as pessoas de centro são de extremo-centro. Se, no decurso de uma discussão política no Twitter, alguém usar a expressão "por outro lado", a polícia vem e fecha a conta. Desculpe, mas não queremos ponderação aqui.

Os leitores mais atentos terão reparado num erro. Ali em cima eu disse "as pessoas que debatem na internet". É uma frase de ficção científica. Que debate? Como os utilizadores se fecham em grupos de gente que pensa a mesma coisa, normalmente o debate é para ver quem pensa o mesmo mais radicalmente. Antes, as pessoas também falavam umas com as outras. Por exemplo, no bar. Onde diziam mais ou menos as mesmas coisas que se dizem nas redes sociais, o que é curioso. E onde, como nas redes sociais, também não havia conversas em voz baixa. Mas essas conversas, graças a Deus, não apareciam na imprensa. Periodicamente, faço o exercício de pesquisar no Google, entre aspas, a expressão "incendiou as redes sociais". Eis um apanhado dos resultados mais recentes: "O ministro do Meio Ambiente, Ricardo Salles, incendiou as redes sociais",

"Vídeo de Anitta e Neymar se beijando incendiou as redes sociais", "Luisa Mell sempre incendiou as redes sociais com suas causas", "O Fortaleza não começou como queria o Campeonato Brasileiro e deixou a Arena Palmeiras, neste domingo, com uma derrota por 4 a 0 que incendiou as redes sociais", "Este vestido está a incendiar as redes sociais". É óbvio que um incêndio perpétuo (semelhante ao do inferno, mas, provavelmente, mais intenso) lavra nas redes sociais. Uma turba agita-se para lapidar opiniões, comentários e peças de roupa. E a gente vai atrás, para contabilizar o número de pedras arremessadas. As tascas, apesar de tudo, eram menos violentas. E quem incendiava a tasca só aparecia nas notícias quando o incêndio não era metafórico. Na maior parte dos casos, felizmente, quem grita nas redes sociais não sairia a gritar na vida real. Como aqueles cidadãos calmos e responsáveis que se transformam em bárbaros quando conduzem o seu automóvel. A criatura mais perigosa do mundo é a pessoa que conduz com uma mão e tuíta com a outra.

# IDIOTAS ÚTEIS E INÚTEIS

Quando o presidente do Brasil disse que os manifestantes que protestavam contra os cortes na educação não sabiam quanto era 7 vezes 8, nem qual era a fórmula química da água, um importante e difícil debate foi lançado. Creio que só há duas hipóteses: ou Bolsonaro está certo e, por isso, os cortes na educação são errados; ou Bolsonaro está errado e, por isso, os cortes na educação são errados. Seja de que maneira for, cortar na educação não parece ser uma opção correta. Eu explico. Se os manifestantes não sabem de multiplicação nem de química, isso demonstra a absoluta necessidade de investir na educação, em vez de cortar. Se, pelo contrário, eles são capazes de fazer contas e determinar o número e o tipo de átomos que constituem uma molécula, então são pessoas instruídas e, por isso, em princípio as suas opiniões sobre educação são válidas, o que significa que cortar na educação é errado. Eis, em resumo, o problema: se eles são burros, precisam de educação; se não são burros, a sua opinião deve ser tida em conta. Ou seja, quem acusa os que se manifestam contra os cortes na educação de não saberem de matemática e de química é uma pessoa que não sabe de filosofia. E, portanto, o sistema de ensino também o deixou mal preparado. O que significa, novamente, que é preciso investir mais em educação.

Parece ser um caso de justiça divina: uma pessoa tenta apontar a burrice dos outros e acaba por revelar a sua.

Além dessas considerações, Bolsonaro acrescentou ainda que os manifestantes eram idiotas úteis. Também não terá sido a melhor ideia. Toda a gente tolera os idiotas úteis — que são, aliás, o melhor tipo de idiota. Os idiotas inúteis, pelo contrário, geram muito menos simpatia, uma vez que juntam a inutilidade à idiotice. Mas os idiotas úteis obtêm um certo tipo de redenção porque, sendo idiotas (uma circunstância infeliz da qual, em princípio, nem têm culpa), têm um préstimo. Se quiséssemos estabelecer uma hierarquia entre espertos úteis, espertos inúteis, idiotas úteis e idiotas inúteis, os idiotas úteis ocupariam um honroso segundo lugar, atrás dos espertos úteis mas à frente dos espertos inúteis, que, sendo embora espertos, não nos ajudam em nada.

# RIDENDO CASTIGAT MORO

Vamos imaginar que Brasil e Argentina estão na final da Copa do Mundo. O Brasil ganha, vencendo o Império do Mal. Meses mais tarde, descobre-se que o juiz da partida, em segredo, deu conselhos ao técnico do Brasil sobre a melhor estratégia para ganhar o jogo. De repente fica claro que o juiz, que toda a gente pensava que era um italiano imparcial, apesar do apelido, afinal era brasileiro, e torcia secretamente pelo Brasil. Mesmo o adversário sendo a Argentina, creio que ninguém duvida de que talvez isso não esteja certo. E, infelizmente, é uma vergonha para o Brasil. Nem a própria Fifa deixaria de achar que alguma coisa aqui não cheirava bem. E eles são conhecidos por ter péssimo olfato, lá na Fifa. Felizmente, nada parecido com isso se passou. Deus nos livre.

Vamos imaginar que o Super-Homem cometia ilegalidades para capturar gente que cometia ilegalidades. Talvez as histórias de banda desenhada não fossem tão entusiasmantes. É possível que nenhum menino dissesse: "Este vigarista sem princípios é o meu herói. Quando for grande quero ser como este viciador do sistema judicial". Há uma razão para isso. É que a gente espera que um bandido seja bandido, não espera que o herói o seja também. Se um bandido não for bandido, está a desempenhar mal a sua profissão. Mas se um polícia for bandido, a justiça passa a ser uma disputa entre bandidos. Esse não é o modo como a justiça funciona numa sociedade democrática e livre, é como ela funciona no pátio da prisão.

Logo no início de *Jacques, o fatalista*, Jacques conta ao seu amo que uma vez, no campo de batalha, levou um tiro no joelho. São terríveis, as dores no joelho, explica ele, mas o amo não parece convencido e desdenha do sofrimento do seu criado. Acontece que, exatamente nesse momento, o cavalo do amo escoiceia, projeta-o, ele cai, bate com o joelho numa rocha pontiaguda e começa a gritar: "Ai, que eu morro!" Só a ação pedagógica de uma pedra é capaz de o fazer compreender a dor do outro. Mais uma vez se comprova o celebrado caráter intemporal dos romances clássicos, porque a história é sobre dores no joelho, mas também tem graça se for sobre publicação de escutas nos *media*: só nos queixamos quando são as nossas.

# LAMENTAR LAMENTAVELMENTE

A forma como o presidente do Brasil lamentou a morte de João Gilberto foi, há que dizê-lo, lamentável. De fato, ficou claro que Bolsonaro lamenta lamentavelmente, e isso levanta questões interessantes. Quem lamenta de modo lamentável é insensível ou é um magnífico estilista que adequa sagazmente a forma ao conteúdo? Haverá melhor forma de lamentar do que lamentavelmente? Lamentar com classe não poderá demonstrar que o lamentador não está assim tão abalado por aquilo que diz lamentar, uma vez que até tem presença de espírito para se revelar uma pessoa decente? São perguntas com as quais me tenho debatido esta semana.

Talvez valha a pena examinar o lamento de Bolsonaro e decompô-lo nas suas partes principais. Deixem-me só calçar as luvas e colocar a mola no nariz. Disse ele, sobre João Gilberto: "Era uma pessoa conhecida. Meus sentimentos à família, tá ok?" Na minha opinião, o lamento é constituído por três grandes componentes: uma constatação de fato sobre um dos aspectos mais óbvios e menos relevantes do falecido, uma expressão de condolência trivial, e um "tá ok?" O "tá ok?" talvez seja o elemento mais inovador. Não é frequente acrescentar a pergunta "tá ok?" a uma afirmação formal ou solene. "Eu te amo, tá ok?" é uma declaração que se ouve pouco. Assim como é raro alguém dizer "Prometo manter, defender e cumprir a Constituição, tá ok?" No entanto, o presidente achou que um "tá ok?" ficava bem no fim dos pêsames. As pessoas estranharam, mas os grandes inovadores começam sempre por enfrentar a incompreensão do público.

Os outros componentes do lamento também são interessantes, sobretudo pelo seu despojamento e simplicidade. Que dizer na hora da morte? Uma espécie de torpor infantil deixa-nos sem palavras. "Era uma pessoa conhecida." Como quando uma criança, na escola, tem de escrever um trabalho de casa sobre "A vaca".

"A vaca é um animal que nos dá o leite, e a pele para fazer sapatos. Muito obrigado à vaca, tá ok?" Pela minha parte, lamento que Bolsonaro não lamente mais coisas. Felizmente, agora que temos o modelo, já sabemos o que ele teria dito noutras ocasiões.

"O *Titanic* é um barco muito grande. Agarrem-se bem às boias, tá ok?" "Chernobyl é uma cidade do norte da Ucrânia. Tentem não respirar pela boca, tá ok?" "As Torres Gêmeas eram prédios bastante altos. Foi pena, tá ok?"

# NÃO ESTOU AFIRMANDO

O presidente do Brasil sugeriu que as pessoas fizessem cocô apenas dia sim, dia não. Eis uma frase que eu nunca pensei escrever. Permitam que repita: o presidente do Brasil sugeriu que as pessoas fizessem cocô apenas dia sim, dia não. Estadistas não costumam refletir sobre cocô — o que se lamenta, aliás. Churchill, por exemplo, morreu sem nos dizer com que frequência deveríamos fazer cocô. Creio que, nos seus discursos, não referiu, sequer, uma cólica. De Lincoln, Gandhi e Mandela também nunca ninguém ouviu uma palavra sobre o funcionamento do aparelho digestivo. Mas Bolsonaro não foge às grandes questões e abordou corajosamente o problema do cocô e a sua óbvia relação com a poluição mundial, que os cientistas se têm esquivado de estudar. Uma semana depois, Bolsonaro faz história de novo. Sobre os incêndios na Amazônia, disse: "Pode estar havendo, não estou afirmando, ação criminosa desses 'ongueiros' para exatamente chamar a atenção contra a minha pessoa". Mesmo não mencionando cocô, a frase merece análise, sobretudo por causa da expressão "não estou afirmando". É uma expressão que permite todas as especulações. Atenção, eu não estou afirmando, mas esses "ongueiros" podem ter matado o Kennedy. Embora eu não o esteja afirmando, pode ter sido por causa desses "ongueiros" que o Brasil levou 7 a 1 da Alemanha, naquela Copa.

Por outro lado, apesar de saudar essa estratégia de lançar suspeitas sem se comprometer, fiquei surpreendido com o alvo. Os "ongueiros"? Sempre pensei que o fogo da Amazônia fosse culpa da malta da ideologia de gênero, em estreita colaboração com os muçulmanos e com as pessoas que fazem demasiado cocô. Os "ongueiros" acabam de se juntar ao eixo do mal e, para chamarem a atenção do mundo contra o presidente do Brasil, vão queimar o pulmão do planeta. Ora, isto não é perfídia, é burrice. Para chamar a atenção das pessoas contra Bolsonaro, tem bastado colocar-lhe um microfone à frente. Sozinho, ele desenvolve uma teoria sobre cocô que sai na *Newsweek*, na BBC, na Fox News e na *Forbes*. Às vezes parece que ele formula este tipo de pensamento para obrigar os jornais a gastarem mais papel e assim aumentar o desmatamento. Mas não estou afirmando.

# FAZER FILA PARA A FANTASIA

Como já não ia ao Brasil há muito tempo, nas férias fui à Disney de Orlando. Foi bom para matar saudades: vi mais brasileiros do que bonecos, como sempre. As minhas filhas, ingenuamente, foram lá para ver os bonecos. Tiveram dificuldade, claro. De vez em quando ouviam alguém gritar, com sotaque do Rio: "Zé!" E perguntavam: "É o Zé Carioca, pai?" Eu dizia: "Bom, tecnicamente, é". E depois elas ficavam um quarto de hora à procura de um papagaio. Por uma razão que me escapa, não é possível encontrar o Zé Carioca na Disney. Que o Tio Patinhas, um capitalista selvagem, tenha um papel cada vez mais discreto, para não incutir nas crianças o gosto pela acumulação de capital, compreende-se. Mas o Zé Carioca não merecia ser posto de lado. Sobretudo ali, que está em casa. Depois de São Paulo e do Rio, o Magic Kingdom deve ser a maior cidade brasileira do mundo.

Essa foi a parte mais divertida das férias: visitar o Brasil sem ir ao Brasil. De resto, ir à Disney em agosto não é ir à Disney. É pagar para integrar filas durante oito horas e andar em cinco diversões de três minutos. As brochuras da Disney são enganadoras, na medida em que afirmam que as pessoas vão visitar a Disney. Essa é a maior fantasia do mundo da fantasia. As pessoas não vão visitar a Disney, vão esperar na Disney. A Disney é a maior sala de espera do mundo. Se alguém quiser muito ir à Disney, deixe-se ficar em pé, ao sol, durante oito horas, na companhia de outros brasileiros, e tem 95% da experiência. Não precisa ir a Orlando. Estes pensamentos ocorreram-me nas duas horas que esperei para andar no barco dos Piratas do Caribe. E depois, nos noventa minutos de espera para entrar na nave do Buzz Lightyear, meditei sobre o seguinte: o que leva os brasileiros a procurarem um mundo de fantasia em que uma rainha má insulta a futura mulher do príncipe por ela ser feia quando vivem num mundo real em que um presidente insulta a mulher de outro presidente por ela ser velha? É uma questão intrigante que merecia mais reflexão. Então fui para a fila do Peter Pan (uma hora) e só consegui pensar em suicídio.

# UM DESENHO BEIJOU OUTRO DESENHO

Cuidado, crianças! Um desenho beijou outro desenho. Abriguem-se! Eu vi e temi pela saúde dos meninos e das meninas. Era chocante: alguns segmentos de reta e um conjunto de linhas curvas beijavam outro grupo de segmentos de reta e linhas curvas. Uma indecência geométrica. Estava num livro dos *Vingadores* e as crianças podiam lê-lo e depois tentar imitar os seus heróis. Já tem havido garotos que, tentando imitar o Super-Homem, se atiram da janela e morrem. Mas ninguém tentou proibir os livros do Super-Homem (ou as janelas). Quando dois desenhos se beijam é mais grave. O prefeito do Rio de Janeiro, Marcelo Crivella, percebeu bem o que estava em causa e mandou retirar o livro da Bienal. Prefeitos de cidades que têm problemas graves talvez não possam perder tempo e meios enviando funcionários com a missão de capturar perigosos livros de histórias em quadrinhos, mas no Rio de Janeiro a vida é tão tranquila que é possível atacar questões como essa.

Claro que há sempre gente que grita censura e lembra a existência de uma coisa chamada, se não me engano, "lei". Mas normalmente são pessoas sem credibilidade nem conhecimento das matérias jurídicas, como juízes do Supremo Tribunal. Crivella explicou que não se tratava de censura, mas de um exame oficial de uma obra e seu posterior confisco. Nada a ver com censura.

E depois bebeu um pouco de líquido que não era água, mas sim uma substância transparente, incolor, insípida e inodora cuja fórmula química é $H_2O$.

É urgente evitar que a garotada leia os *Vingadores* e comece a ler livros apropriados à sua idade e que defendam os valores da família — como a Bíblia. Histórias edificantes como a de Gênesis, capítulo 19, versículo 31, em que as filhas de Ló o embebedam, se deitam com ele, e engravidam do próprio pai. Ou o também célebre episódio do primeiro livro de Samuel, capítulo 18, versículo 25, em que Saul exige a Davi cem prepúcios de filisteus como dote para casar com a sua filha, e depois Davi vai para a guerra e recolhe duzentos prepúcios de filisteus, ganhando com distinção o direito a ser genro do rei. Essas, sim, são histórias que as crianças devem ler em livros de banda desenhada. Em nome da moral e de tudo quanto há de mais decente, alguém que desenhe duzentos prepúcios e mostre a uma criança. Por favor.

# PIADA DE LUSO-BRASILEIRO

Há uma história de Ray Bradbury em que um homem tem pavor de esqueletos. Acontece que, um dia, contemplando as próprias mãos, ele começa a constatar o óbvio: dentro dele existe um esqueleto. Ele contém o que mais abomina e teme. Começo a perguntar-me se as piadas de portugueses, no Brasil, não dariam uma boa história de Ray Bradbury. Sabem aquela do português que chegou ao país do futebol e em menos de seis meses ganhou o campeonato brasileiro e a Copa Libertadores? Sabem aquela do português cujo time igualou um feito anteriormente alcançado apenas pelo Santos do Pelé? Sabem aquela do português que foi designado cidadão honorário do Rio de Janeiro e, na cerimônia da homenagem, revelou que a sua avó era brasileira? Esta é a minha tese: dentro de cada brasileiro há um português, e vice-versa. Ou seja, portugueses e brasileiros são mais ou menos iguais (desculpem se ofendo). Significa isto que as piadas de portugueses que os brasileiros contam não são um sinal de suave xenofobia, são autodepreciação. O sucesso de Jorge Jesus no Brasil também se deve a uma instituição luso--brasileira que o mundo moderno parece empenhado em fazer desaparecer: a malandragem. Hoje, as coisas querem-se assépticas, otimizadas, retas, eficazes, alemãs. Especialistas em empreendedorismo não aprovariam que Garrincha driblasse duas vezes o mesmo joão. É um desperdício de recursos. E também não é politicamente correto. O pobre joão, sem direito sequer a letra maiúscula no nome, humilhado duas vezes quando uma já seria demais. E, no entanto, o futebol brasileiro era isso, e o de Jorge Jesus ainda é. Uma vez, quando Jesus orientava o Benfica, perguntei-lhe como é que ele preparava os jogos, consoante o adversário. Ele respondeu, com um entusiasmo infantil bastante engraçado numa pessoa de sessenta anos, como se contasse um segredo perverso: "É preciso arranjar a melhor forma de os enganar". Uma pequena cápsula de malandragem: a ideia de que o adversário é um "eles" indefinido que precisamos enganar à força de esperteza. Nisso, Jorge Jesus é uma espécie de concentrado de português. Seria, aliás, mais apropriado ele chamar-se Manuel Joaquim Jesus. Jorge é só para disfarçar. Ou seja, é malandragem.

# PACTO DE VARSÓVIA COM O DIABO

Quando se soube que o novo presidente da Fundação Nacional de Artes era um terraplanista convencido de que o rock era música do Diabo, fiquei contente. Achei um avanço cultural importante. Como português, só conheço o Brasil a partir de 1500. Muitas vezes me pergunto: "Como seria o Brasil na Idade Média?" Finalmente vamos saber.

Vão ser tempos maravilhosos de estudo da mentalidade medieval. Tenho pena que Dante Mantovani não tenha ainda proposto a queima de uma bruxa, mas acredito que seja uma questão de tempo. Acabou de chegar ao cargo e é injusto pedir-lhe que satisfaça todas as necessidades culturais do Brasil no primeiro mês. A teoria de Mantovani é interessante: os Beatles foram inventados pela União Soviética para destruir o capitalismo. A União Soviética, como se sabe, adorava os Beatles — e o rock em geral — mas proibia os cidadãos de os ouvirem, só para disfarçar. Mantovani não se deixou enganar e sabe que os russos queriam destruir a sociedade ocidental da maneira mais eficaz. Eles tinham a bomba atômica, mas optaram por atacar com "Ob-La-Di, Ob-La-Da". Espertos.

O ponto mais controverso do pensamento de Mantovani tem a ver com o seu receio de que, tendo em conta a imagem do Brasil, as pessoas queiram usar o país para, e cito, "as suas orgias sexuais". Não é a primeira vez que ouço uma pessoa puritana referir orgias sexuais. Preocupadas com a confusão que sempre se estabelece quando se fala de orgias, pessoas como Mantovani são rigorosas: as orgias que referem são mesmo de caráter sexual. Uma confirmação para aquela gente de horizontes limitados, que não conhece orgias de outro tipo; uma desilusão para todos os que esperam há anos por uma boa orgia contabilística: uma dessas festas de que tanto se ouve falar, em que os convivas comparecem com notas devidamente preenchidas com o CPF e desatam libidinosamente a calcular o imposto de renda uns dos outros.

Como pai de duas adolescentes, agradeço a Mantovani que tenha teorizado sobre este nosso mundo plano no qual certas canções conduzem às drogas, ao sexo, ao aborto e à destruição do capitalismo. É importante elas verem que é possível delirar sem consumir estupefacientes.

# NETFLIX NO CÉU

— Senhor, temos um problema.
— O que se passa, Pedro?
— Já vistes o novo especial do Porta dos Fundos, na Netflix?
— A tua pergunta é se eu, Deus todo-poderoso, senhor do universo, criador de todas as coisas visíveis e invisíveis, vi um programa da Netflix? Já, sim. Subscrevi o serviço de *streaming* por causa do *Breaking Bad* e agora tenho visto tudo.
— Estais a ser irônico, Senhor?
— Claro, Pedro.
— Eu preferia quando vos exprimíeis através de parábolas, Senhor. Com a ironia ainda é mais difícil entender o que vós quereis dizer.
— Neste milênio estou a experimentar a ironia, Pedro.
— Habitua-te.
— Bom, é o seguinte: um grupo de comediantes brasileiros fez um filme em que vós sois *gay*.
— Oh! Como é possível? Estou tão ofendido!
— A sério, Senhor?
— Não. Presta atenção ao tom, Pedro. A ironia depende muito do tom.
— Mas, Senhor, eles podem fazer isso? Será que podemos rir de tudo? Quais são os limites do humor?

— Essa questão interessa-me muito.

— Ironia?

— Bravo.

— Muita gente ficou ofendida, Senhor. Dom Henrique Soares, da Arquidiocese de Palmares, cancelou a sua assinatura da Netflix em homenagem a vós.

— Que homenagem bonita. Sabes quando, na última ceia, eu peguei no pão e disse: "Tomai e comei todos. Fazei isto em memória de mim"? Devia ter acrescentado: "E cancelai serviços de *streaming* em memória de mim", também.

— Essa eu percebi. É ironia. Mas o deputado Eduardo Bolsonaro também não gostou do filme.

— Quem é?

— É o filho do presidente do Brasil. Foi visitar o pai ao hospital com uma pistola no cinto.

— Ah, sim. Um homem que absorveu bem a minha mensagem de paz e de amor.

— Exato... Estais a ser irônico de novo?

— Claro.

— Estais imparável, Senhor. Ele disse: "Somos a favor da liberdade de expressão, mas vale a pena atacar a fé de oitenta e seis por cento da população?"

— Ah. Uma dessas pessoas que dizem "Somos a favor da liberdade de expressão, mas". O "mas" é que interessa, Pedro. Eu gosto da minha liberdade de expressão sem "mas". É liberdade de expressão sem "mas", e café sem açúcar. Em ambos os casos, não fica tão docinho, mas não estraga o verdadeiro sabor.

— Então não estais ofendido, Senhor? Não vale a pena lançar uma praga sobre o Brasil?

— Não. Até porque duvido que eles notassem.

# SOBRE VAGINAS EM GERAL
## E UMA VAGINA PARTICULAR

Uma das histórias tradicionais do Médio Oriente protagonizadas pelo sábio-malandro Nasreddin Hodja conta que, um dia, um pobre foi apanhado no telhado de um restaurante a colocar duas fatias de pão duro no fumo da chaminé, para que o pão adquirisse os aromas da comida. O dono do restaurante exigiu que o pobre lhe pagasse o cheiro e Nasreddin foi chamado a resolver a disputa. Pediu uma moeda, deixou-a cair sobre uma mesa e disse ao dono do restaurante: "Ouviu este barulho? O som da moeda paga o cheiro da sua comida". Como é óbvio, Gwyneth Paltrow não conhece esta história, e está a vender velas com o cheiro da sua vagina por 75 dólares verdadeiros. Aceita cartão de crédito e dinheiro, mas não o som das notas. Eu perguntei.

Entendida geralmente como um fato sem importância, a notícia é, para mim, um excelente pretexto para refletir sobre a vagina, oportunidade que eu não costumo enjeitar. Historicamente discriminada e diminuída, até por constituir uma espécie de metonímia da sexualidade feminina, a vagina parece ganhar, no século XXI, novo e justo prestígio. É difícil conceber que Paltrow pudesse comercializar velas com o cheiro de qualquer outra parte do seu corpo. Uma vela que cheirasse aos seus pés, às suas orelhas ou até ao seu rabo não teria, creio eu, esgotado imediatamente, como aconteceu com as velas que prometem desprender no ar o aroma da sua vagina. E é curioso notar ainda que o pênis também não tem o estatuto do seu contraponto feminino. Uma eventual vela com o cheiro do pênis de Brad Pitt, por exemplo, seria apontada como uma iniciativa de mau gosto — e talvez haja nessa desigualdade de tratamento alguma justiça. O pênis é impertinente e incontrolável; a vagina é ensimesmada e misteriosa. Sem surpresa, a minha edição da biografia da vagina, escrita por Naomi Wolf, tem 512 páginas, ao passo que a também interessante história cultural do pênis, de David Friedman, não chega às trezentas. Não se trata de uma maior ou menor prolixidade dos autores: acontece que há muito mais para dizer sobre a vagina.

Ainda assim, gostaria de conhecer os compradores desta vela. Imagino-os a acenderem a vela quando convidam gente para jantar e a perguntarem: "Gostam do cheiro da minha casa? É vagina de Gwyneth Paltrow. Mais *soufflé*?". Parece-me o início de um serão muito interessante.

# A MINHA QUARENTENA
## É MELHOR QUE A TUA

Aqui no hemisfério Norte estamos todos — mesmo aqueles que têm um passado de atleta — em casa. E tenho a sensação muito inquietante de que a quarentena dos outros é melhor do que a minha. As redes sociais estão cheias de vídeos fresquíssimos feitos por gente que está em casas impecáveis a dançar, a fazer ginástica e a ter ideias para pregar peças engraçadas ao cônjuge e aos filhos, enquanto eu estou a varrer e a aspirar. Há quem vá até à janela entoar belos cânticos com os vizinhos, cada um na sua varanda, mas eu só sei disso porque estou debruçado à janela a estender roupa. Olho para a minha casa e não consigo descobrir sequer um recanto decente onde possa gravar uma conversa por Skype. Ou há uma pilha de livros à espera da prateleira certa, ou um esfregão encostado que ficou esquecido porque o celular tocou no meio da limpeza, ou uma flanela esquecida por entretanto me ter dado conta de que talvez fosse altura de ir arrumar o esfregão.

Não foi nada disto que me prometeram. No *Decameron*, conta-se que dez jovens se refugiam da peste negra e, durante dez dias, contam cem histórias uns aos outros. Eu estou de quarentena há quase três semanas e ainda não ouvi história nenhuma. Já ouvi reprimendas, gritos e lamentos. Histórias, nada. Provavelmente influenciadas por Boccaccio, muitas pessoas me foram dizendo que a quarentena era uma ótima oportunidade para ler os russos todos, ver as séries que temos em atraso, aproveitar para fazer uma retrospectiva da história do cinema. Ia ser uma espécie de regresso a um tempo mais lento, um misto de século XIX com campismo à volta da lareira, umas férias culturais no fim das quais toda a gente era um híbrido entre Umberto Eco e São Francisco de Assis, porque tinha adquirido vasta cultura e aprendido a apreciar a vida simples. Em vez disso, estou a ser admoestado por ter limpado um cômodo que já estava limpo e por ter usado óleo de cedro onde não devia. Na internet, cada vez mais artistas e instituições disponibilizam gratuitamente livros e espetáculos — mas eu só vou ao computador para verificar se o número de infectados já baixou o suficiente para haver esperança de que isto acabe depressa, e eu possa voltar a não ter tempo para desfrutar da oferta cultural por causa do trabalho, e não por causa do trabalho doméstico.

# E DAÍ?

Quando soube que o número de mortos por covid no Brasil já tinha ultrapassado o da China, Bolsonaro perguntou: "E daí?" As críticas que se sucederam vieram sobretudo de ignorantes em ciência política, que não conhecem, ou já esqueceram, todos os momentos decisivos da história em que outros grandes estadistas reagiram do mesmo modo. Quando Churchill foi informado de que a Alemanha tinha invadido a Polônia, a sua primeira reação foi perguntar: "*So what?*" — que, como se sabe, significa "E daí?" "Não pergunte o que o seu país pode fazer por você, pergunte: e daí?", disse também celebremente o presidente Kennedy. E, no entanto, a pergunta de Bolsonaro não foi recebida com o mesmo entusiasmo e admiração. Mais: ninguém referiu que a pergunta ficou sem resposta até hoje, o que prova que é uma pergunta difícil, como as que os grandes filósofos costumam colocar.

Tudo isto acontece na semana em que Sérgio Moro se demitiu. A perda do seu maior trunfo político talvez pudesse perturbar outro presidente, mas, pelo seu histórico de atleta, Bolsonaro não precisa se preocupar. Ele nada sentirá ou será acometido, quando muito, de uma gripezinha ou resfriadinho. Isso acontece porque Moro, que até há pouco era ainda o herói do Brasil — reto, honesto, inimigo de corruptos —, é agora um pérfido vilão — mentiroso, traidor, inimigo de gente muito decente. Na verdade, descobrimos agora, Moro não era um super-herói, era um iogurte: tinha prazo de validade, e expirou na semana passada. De repente, ficou azedo. Algumas pessoas têm perguntado: bom, mas se Moro era, afinal, esse vilão, por que é que não foi Bolsonaro a demiti-lo? Por que é que foi ele a apresentar a demissão? E, além disso, por que é que Bolsonaro ainda tentou, através de Braga Netto e Luiz Eduardo Ramos, dissuadir o ministro de se demitir? Mais uma vez, é gente que não sabe nada de política. Moro apresentou a demissão precisamente para impedir que Bolsonaro o demitisse. E Bolsonaro quis evitar que ele se demitisse para poder demiti-lo. As pessoas ignorantes, incomodativas como só elas, contrapõem: essa justificação é absurda, ninguém acredita nisso. Permitam-me que responda com uma pergunta: e daí?

# AMORAL DA HISTÓRIA

Não é que eu tivesse dificuldade em aprender lições, o problema é que eu tinha muita facilidade em aprender as lições erradas. No colégio, os padres nunca tentaram batizar-me. Durante anos, acreditei que se tratava de mais uma prova da celebrada bondade dos franciscanos, manifestando respeito pela liberdade de um aluno ateu. Cada vez mais estou convencido de que eles discutiram o meu caso no seminário e concluíram que não valia a pena desperdiçar um sacramento com este selvagem. Todas as semanas havia um incidente, quase sempre na aula de Moral, que demonstrava que eles tinham razão. Uma vez, o padre contou a história do corvo e da centopeia. O corvo tinha fome, mas a centopeia era esquiva e ele não conseguia apanhá-la. E, então, ele engendrou um esquema muito simples para a caçar. Perguntou: qual é a pata que mexes primeiro, para começares a andar? A centopeia paralisou e o corvo engoliu-a. Os meus colegas avançaram com excelentes interpretações da história: não sabemos explicar o que fazemos por instinto; uma coisa é a técnica, outra o discurso sobre a técnica; uma pergunta é a arma mais poderosa. Até que chegou a minha vez de dizer o que eu achava que a história significava. Eu disse: às vezes, alguém finge interessar-se por nós, mas apenas porque nos quer comer. O padre mudou de assunto. Contou outra história. O vento e o sol discutiam sobre qual deles seria o mais forte. Passou um viajante e eles decidiram que o mais forte seria aquele que conseguisse arrancar-lhe o manto. O vento foi o primeiro a tentar. Soprou com toda a força mas, quanto mais o vento soprava, mais o viajante se agarrava ao manto. A seguir foi a vez do sol. Começou a brilhar, primeiro com suavidade, depois com mais fulgor. Ficou cada vez mais calor, e então o viajante tirou o manto e deitou-se à sombra de uma árvore. Os meus colegas: a astúcia pode mais do que a força. Eu: é mais fácil tirarem a roupa para nós se formos brilhantes. O padre deu a aula por terminada. Na semana seguinte, já não veio.

# EM LOUVOR DA CLOROQUINA

Só porque todos os estudos indicam que a cloroquina não funciona, as pessoas precipitaram-se para concluir que a cloroquina não funciona. É daqueles fenômenos difíceis de compreender. Maduro, Bolsonaro e Trump, estadistas conhecidos por não se deixarem enganar por imposturas como fatos ou argumentos racionais, continuaram a recomendar o medicamento. O remédio é eficaz no tratamento da malária, que tem em comum com a Covid-19 o fato de também ser uma doença. Só por má vontade ou capricho é que o coronavírus não se deixaria matar por um remédio que cura outras infecções. Talvez ele esteja fanfarrão agora, mas é provável que reflita e caia em si mais cedo ou mais tarde.

É verdade que a Associação de Medicina Intensiva Brasileira, a Sociedade Brasileira de Infectologia e a Sociedade Brasileira de Pneumologia e Tisiologia desaconselham a utilização da droga. Mas Bolsonaro não precisa da caução destas instituições para atualizar o seu próprio pensamento e, depois de ter recomendado a cloroquina, afirmou que conhece um medicamento ainda melhor: a ivermeticina, que só peca pelo fato de não existir. O presidente referia-se à ivermectina, da qual disse que era "até melhor que a cloroquina porque mata os vermes todos". À primeira vista, a capacidade de matar os vermes todos não teria qualquer vantagem, porque o coronavírus, como o próprio nome indica, é um vírus, e não um verme. Acontece que, em princípio, os micro-organismos convivem. Matando todos os vermes, a ivermectina deixa o vírus isolado, impondo--lhe uma quarentena de distanciamento social em relação aos seus amigos. Em breve ele estará a fazer pão caseiro e *lives* de Instagram, e numa questão de poucas semanas ficará farto da solidão, e desejará desconfinar dos nossos organismos.

Na verdade, e após todas estas tentativas, parece-me que será uma questão de tempo até que Bolsonaro chegue à conclusão que nos vai salvar a todos. Uma vez que a Covid-19 não é mais do que uma gripezinha ou resfriadinho, a medicação correta é evidente: paracetamolzinho. Basta que farmaceuticazinhas comecem a produzi-lo em massazinha.

# O POVO E O POVO

Eu tinha um amigo que militava num partido da esquerda dura portuguesa, a União Democrática Popular. Nas passeatas, ele gritava a palavra de ordem "UDP: sempre, sempre ao lado do povo", e depois acrescentava baixinho "Mas nunca no meio dele". Creio que toda a gente compreende a ressalva do meu amigo. Numa coisa, gente de esquerda e de direita concorda: todos amamos o povo. O hino português canta o "nobre povo"; o brasileiro elogia o "povo heroico". O povo enquanto entidade mítica que sofre, se esforça em conjunto, ergue nações com o seu suor, é admirável. A sua demonstração prática, que se aglomera em torno de acidentes para ver o sangue e vota massivamente em idiotas, é mais difícil de amar. As entidades míticas têm isso: a sua demonstração prática raras vezes está à altura. Um centauro é admirável, mas não o queremos na nossa sala. A parte que é homem talvez seja interessante, mas a parte que é cavalo vai acabar por ter de ir ao banheiro. Não vai correr bem.

Mas há que respeitar (e até amar) o povo. Na medida certa, talvez. É por isso que aquele "Mas nunca no meio dele", dito entredentes, é precioso. É o antídoto do fanatismo — como as piadas costumam ser. Os judeus contam a história do rabino que rezava: "Senhor, por sermos o teu povo escolhido temos enfrentado milênios de perseguições, exílios, *pogroms*, extermínio em massa. Por favor, Senhor: escolhe outro povo agora".

Não há mal nenhum em amar Deus e, apesar disso, ter, digamos, uma opinião crítica do Seu trabalho. Talvez assim até o amor tenha mais valor.

Esse meu amigo era editor do primeiro jornal em que trabalhei. Nos dias de maior aperto, quando o fechamento do jornal parecia impossível, ele dizia uma frase que tem sido o lema da minha vida: "Vamos! A vitória é difícil mas é deles". Como todos sabemos, a frase original, que motiva e inspira, é: "A vitória é difícil mas é nossa". A do meu amigo parece-me muito melhor, por várias razões. Primeiro, tira-nos a responsabilidade de vencer, que é um peso difícil de suportar. Segundo, diz que a vitória dos outros será difícil, o que constitui uma pequena vingança agradável. Terceiro, não vende falsas esperanças: a vida é derrota, sim. Quarto, indica que, apesar da quase inevitabilidade da derrota, isso não é razão para perder o ânimo. Por último, e mais importante que tudo: dá vontade de rir a quem está preocupado. Essa é a vitória.

# EXISTIR ESTÁ ME MACHUCANDO

Eu não tenho nada para dizer ao público brasileiro, mas não vale a pena o público brasileiro começar a sentir-se especial porque a verdade é que eu não tenho nada para dizer a ninguém. Sei quase nada sobre quase tudo — circunstância que, felizmente, nunca impediu uma pessoa de escrever nos jornais. Por vezes, chega a ser requisito. Mas não adianta fingir que temos assunto de conversa. Se o público brasileiro e eu tomássemos o mesmo elevador, a viagem ia ser daquelas embaraçosas. "Cá estamos", talvez eu dissesse. "É verdade", o público brasileiro responderia, olhando para o teto. E o resto seria silêncio.

Os leitores brasileiros e eu temos apenas duas coisas em comum. Falamos a mesma língua (bom, mais ou menos) e estamos vivos, pelo que não me resta alternativa senão falar do único assunto que ambos dominamos: isto de estar vivo. O escritor português Manuel da Fonseca disse: "Isto de estar vivo ainda um dia acaba mal". Levei a cabo algumas pesquisas e sinto-me muito inclinado a concordar. Por isso, todas as sextas-feiras escreverei aqui sobre a vida, esse caminho de dor, angústia e desespero que culmina com a morte. Serão textos humorísticos.

Só há um problema: não sei grande coisa sobre a vida. Não li o manual do usuário. Há muitas funcionalidades que não uso, umas vezes por desconhecimento, outras por medo de estragar.

No outro dia vi um tutorial do YouTube sobre descascar bananas e descobri que passei os últimos quarenta anos a descascar bananas da maneira errada. É uma constatação aterradora. Uma pessoa pensa que, ao fim de quatro décadas neste planeta, sabe ao menos descascar uma banana. De repente, verifica que dedicou quase meio século a descascamentos contrários à lógica e à própria dignidade, e é inevitável que se dedique a calcular quantos outros falhanços terá acumulado na vida. É essa dolorosa contabilidade que prometo fazer aqui, semanalmente. Além disso, e para lisonjear o gosto do leitor brasileiro, de vez em quando vou xingar argentinos.

Uma última nota: por vezes, quando alguém se põe a pensar na vida, pode acontecer-lhe encontrar o seu verdadeiro eu. Não se preocupem: eu não corro esse risco. Uma vez encontrei o meu verdadeiro eu e não ficamos amigos. Agora atravesso para o outro passeio sempre que o vejo. Deus me livre de me dar com gente dessa. O meu verdadeiro eu é altivo, vaidoso e feio. Se falasse espanhol, podia ser argentino.

# EU, PECADOR, ME CONGRATULO

Dizem que o poeta português António Botto ia pela rua de braço dado com um marujo, a caminho de casa. Fernando Pessoa cruzou-se com o casal e lastimou: "Ó António... na Sexta-Feira Santa?" Botto justificou imediatamente: "Marinheiro é peixe".

Uma vez que não existe pecado do lado de baixo do equador, talvez o público brasileiro não entenda todo o alcance desta história. Na qualidade de habitante do hemisfério Norte, e velho apreciador de pecados, tenho todo o gosto em explicar aos meus irmãos o que o pecado é. Vamos examinar sobretudo os sete pecados mortais, assim chamados porque são, de fato, uma delícia. Tal como, após uma refeição, dizemos "esta sobremesa é de morrer", também destes pecados afirmamos que são mortais. Como o episódio relatado acima demonstra, pecar requer engenho para executar e imaginação para legitimar. Não é qualquer babaca que peca. É difícil pecar sem querer, ao passo que as virtudes podem ser involuntárias. Eu, por exemplo, passei toda a adolescência sendo casto, mas não por minha vontade.

Os teólogos, por vício de profissão, têm ignorado as vantagens do pecado, a maior das quais é esta: os pecados impedem de pecar. Indico o meu caso concreto: o meu pecado favorito é a luxúria. No entanto, não pratico tanto quanto gostaria porque também sou preguiçoso. Um pecado tem o efeito higiênico de anular o outro. Uma pessoa muito vaidosa, que motivo tem para invejar os outros? Haverá maior antídoto para a preguiça do que a inquietação do ganancioso? Ao contrário, a virtude contém a semente do pecado. Tenho observado que, quem ajuda uma pessoa, em breve deseja ajudar outra, e outra, e outra ainda. Essa feia ganância caritativa é o resultado da vida virtuosa.

Há ainda outro problema que os doutores da igreja não ajudam a resolver: o pecador está frequentemente encurralado entre dois deveres contraditórios que o paralisam. Por um lado, dizem-lhe que o ócio é mau; por outro, o negócio (que, etimologicamente, significa "negação do ócio") também levanta problemas morais. O ser humano está, assim, condenado a pecar: seja pela preguiça ou pela ganância. A solução, como é evidente, é fazer negócios que não pareçam grandes negócios. Trata-se de movimentar o dinheiro, para espantar o ócio, mas tendo ao mesmo tempo a decência de, por pudor, declarar um valor menor, para esconjurar a ganância. Foi precisamente para isso que Deus inventou o caixa dois.

# AQUELE MOMENTO

Aquele momento em que você percebe que todo o mundo está começando frases com a expressão "aquele momento". Aquele momento em que esse simples fato se transforma numa evidência da sua velhice. Aquele momento em que você desconfia que é a única pessoa da História que nunca exprimiu as suas emoções por intermédio de uma bolinha amarela colocada no fim de um comentário. Aquele momento em que você quase sente vergonha de nunca ter fotografado comida. Aquele momento em que você pensa que, se algum dia fotografou comida, foi por engano, como daquela vez que você tirou uma foto de um prado e, ao fundo, estava uma vaca. Aquele momento em que se torna claro que, apesar de tudo, você é demasiado novo para ser tão reacionário. Aquele momento em que você repara que, aos 43 anos, já resmunga feito o seu avô, quando ele tinha 91. Aquele momento em que parece que o mundo anda tão depressa que você começou a envelhecer em anos de cão, sete anos por cada um que passa sobre as pessoas que o rodeiam. Aquele momento em que você não consegue evitar o pensamento de que o mundo está a sugerir, e de uma forma bem pouco sutil, que você já não pertence aqui. Aquele momento em que realmente o mundo parece o dono da casa e você é a visita abusadora que ignora os bocejos do anfitrião e volta a encher o copo às três da manhã. Aquele momento em que todas as pessoas menores de 25 anos parecem seres humanos 2.0, enquanto você é uma versão beta que nunca serviu para muito e agora não serve para nada. Aquele momento em que você recorda a famosa frase de abertura do livro do L.P. Hartley, que diz "O passado é um país estrangeiro: eles fazem as coisas de outro jeito lá" e pensa que não é bem assim, agora é o presente que é um país estrangeiro, e a vida toda decorre noutro idioma, e você não baixa app, não faz post no Instagram, não dá *swipe* no Tinder, não coloca *tweet* no Twitter e uma vez os seus amigos o levaram a um brunch e você veio embora sem saber se tomou café da manhã de mais ou almoçou de menos. Aquele momento em que você desiste e conclui que talvez fosse engraçado fazer um meme sobre isso, se ao menos você soubesse exatamente o que um meme é, e como se faz.

# MORRER É CHATO

Um poema de Roger McGough: "Todo o dia,/ Eu penso sobre a morte./ Sobre doença, fome,/ violência, terrorismo, guerra,/ o fim do mundo. // Isso ajuda/ a me distrair dos problemas". Tento fazer o mesmo exercício. Pensar na morte, sobretudo na minha, anima muito o meu dia. Tudo o que é bom acaba — e é provavelmente por isso que é bom, o que significa que a vida é melhor por causa da morte. Se a copa do mundo durasse para sempre, ninguém assistia. Também ninguém ganhava e, por isso, o povo não cantaria "Todo o mundo tenta, mas só o Brasil é penta". A propósito, anseio pela própria conquista, principalmente por razões linguísticas: tenho curiosidade de saber como a criatividade brasileira vai achar uma palavra que rime com hexa.

Talvez se possa argumentar, então, que se a ideia da morte acaba por ser simpática, o ato de morrer traz alguns aborrecimentos. A existência cessa, e isso é inevitável. O que verdadeiramente me enfada é o fato de a morte ser meio brega. Todos os meus amigos sabem que, enquanto vivo, eu nunca me deitaria num leito de cetim com rendas. Mas é lá que vão me colocar, quando eu morrer. Estarei rodeado de uma circunspecção que sempre rejeitei em vida, e essa é a verdadeira derrota — uma que eu não merecia. Haverá silêncio, respeito, consideração.

Que raiva. "Eu, solene? nem morto", fui dizendo muitas vezes. E, afinal, serei obrigado a quebrar a promessa.

Outro dia, um casal cruzou comigo na rua. De repente, o homem caiu: estava tendo um enfarte. A mulher puxava a roupa dele e gritava: "Jorge! Não, Jorge! Não! Não faz isso comigo, Jorge!" A multidão condoeu-se com o desespero dela; eu, que não gosto que gritem comigo, simpatizei com o homem. Meu principal talento é descortinar desumanidade em declarações aparentemente humanas. Por exemplo: quando, nos filmes, o bandido aponta uma arma e a vítima implora: "Por favor, não dispare. Eu tenho família". Todo o mundo chora a sorte da vítima; eu deploro a sua crueldade. O que aquelas palavras significam é: "Escuta, por que é que você não vai antes matar um órfão? A mim não, pois tenho família. Procure alguém que, por estar completamente sozinho no mundo, não possua um argumento atendível para evitar que você lhe dê um tiro". É bárbaro — tanto quanto repreender um moribundo, como se ele estivesse nos ofendendo pessoalmente com sua caprichosa morte. Por isso, eu me aproximei do homem e contrapus: "Vai, Jorge. Se você quer ir, vai. Ela fica bem, Jorge. Talvez fique triste durante um mês, dois, no máximo, mas depois o tempo cicatriza a ferida e ela volta a rir, quem sabe até casa de novo. Pode ir descansado, Jorge". Creio que fiz o meu dever. Pelo menos foi esse pensamento que me reconfortou, enquanto fugia da viúva e da multidão.

# FUI AO MERCADO COMPRAR SILÊNCIO

Quando se suspeitou que o presidente do Brasil teria tentado comprar o silêncio de outra pessoa fiquei fascinado com a ideia. Que coisa linda: comprar silêncio. A corrupção costuma ser bastante prosaica, mas há qualquer coisa indesmentivelmente poética em comprar silêncio. Se for verdade, parece que Michel Temer é a voz que fala num poema de Manoel de Barros. Foi aí que me indignei. Detesto injustiça. Quando Manoel de Barros começa um poema dizendo "Difícil fotografar o silêncio./ Entretanto tentei", toda a gente acha bonito. Mas quando se supõe que Temer pretende comprar silêncio, o caso sai nas primeiras páginas como se fosse escandaloso. No entanto, trata-se da mesma operação poética. Ambos desejam apropriar-se da quietude, captar o impossível. Ambos tentam dominar o absoluto com um recurso mundano, e em ambos convive uma aspiração divina com uma inabilidade humana. Pois um ganha o prêmio Jabuti e outro arrisca perder a presidência. Por sorte de Manoel de Barros e azar de Temer, os críticos literários desconhecem a lei e os juízes do supremo não sabem nada de literatura.

Como pai de duas crianças, não posso evitar uma empatia enorme pela hipotética intenção de Michel Temer. Quantas vezes, quando estou a tentar ler um livro ou assistir a um filme, não me apeteceu comprar silêncio? Conheço bem esse desespero.

E como cidadão que precisa de trabalhar para viver, confesso inveja de Eduardo Cunha: a mim pagam-me para falar; ele recebe para estar calado. Que o meu talento para guardar silêncio nunca tenha sido descoberto é das grandes tragédias da minha vida. Com o incentivo adequado, também eu encantaria o mundo com o meu mutismo.

Uma das ironias do caso é o fato de Temer ter sido alegadamente gravado a pedir silêncio. A confirmar-se, é mais uma prova de que o ruído desarranja a nossa vida. Verbalizar a compra de silêncio é uma infeliz fraqueza, uma contradição fatal — e uma lição para todos: antes de adquirir o silêncio do outro, tratemos de garantir o nosso. A outra ironia é que Eduardo Cunha ainda receba pelo silêncio. Todo o mundo simpatiza mais com Cunha quando ele está calado. Pagar-lhe para se calar não seria corrupção: seria mecenato.

# AMOR E BATATAS

Os poetas têm falado muito sobre amor, pouco sobre batatas, e nada sobre a relação entre o amor e as batatas. É muito triste que tenha de ser eu a preencher as lacunas que a grande literatura vai deixando. Talvez o problema seja meu: na minha vida, o amor manifestou-se menos sob a forma de grandes gestos e mais sob a forma de batatas. Os poetas cantam beijos loucos, gritos roucos, lágrimas, ânsias, despedidas, traições, ausências — mas às batatas não dedicam nem um epigrama.

É o seguinte: quando eu era pequeno, a minha avó fazia o almoço muito antes da hora, para que nada faltasse. Ela não tinha uma inclinação natural para beijar ou abraçar, mas fazia outras coisas. Quando o ônibus da escola me vinha buscar ela ficava a olhar, à janela, até eu dar a curva. E à tarde, quando o ônibus me trazia, ela já estava na mesma janela, à espera. Eu tinha seis ou sete anos e ficava com a sensação de que ela ficara ali o dia todo, com a vida suspensa. Hoje sou adulto e a razão diz-me que não era assim — mas o coração continua a não ter a certeza. Ao fim de semana, muito antes da hora do almoço, ela fritava batatas, punha num prato, e depois cobria com a tampa de uma panela. O vapor condensava-se no interior da tampa e depois a umidade chovia sobre as batatas. Por isso, as batatas ficavam moles. Em casa da minha avó, nunca comi batatas que não fossem moles. Quando hoje me põem no prato batatas estaladiças eu penso: esta pessoa sabe fritar batatas, mas ela não me ama. Não fez as batatas com aquela antecedência. Arriscou que as batatas não estivessem prontas quando eu quisesse almoçar. Batatas estaladiças, fica o leitor avisado, são cruéis. Têm arestas aguçadas que ferem o céu da boca, e estão muito conscientes do seu próprio mérito, reluzentes de óleo. As batatas moles, tubérculos humildes e meigos, suportam com paciência a aflição amorosa que as tornou moles, e a sua indolência morna tranquiliza quem estiver nervoso.

Penso muitas vezes naquele momento, no fim de *Cidadão Kane*, em que ele, mesmo antes de morrer, diz "Rosebud", o nome de um trenó que tinha quando era criança. Eu, muito provavelmente, direi: "Batatas moles".

# MOSCAS: SUBSÍDIOS PARA UM ESTUDO

Augusto Monterroso escreveu: "Há três temas: o amor, a morte e as moscas". Vários autores se têm dedicado a pensar sobre os dois primeiros, mas poucos se aventuram a refletir sobre moscas. Felizmente para os leitores da *Folha*, eu tenho muito tempo livre. E empreendi um plano de estudos sobre moscas do qual gostaria de lhes dar conta, nesta introdução fatalmente breve e incompleta.

Em determinado momento da criação, seja quem for que concebeu o mundo (Deus, para os crentes; a natureza, para os panteístas; Eusébio da Silva Ferreira, para mim) teve um pensamento parecido com este: "Isto está bonito: as estrelas, o mar, as montanhas, as árvores. Só falta uma coisa: moscas". As moscas não foram criadas de ânimo leve. Quem as inventou sabia o que estava a fazer. Dotou-as de um sofisticadíssimo sistema de defesa que torna quase impossível apanhá-las. De quem é que o leitor acha que o Criador gosta mais: de si, que muitas vezes não consegue desviar-se de inimigos nem mesmo quando estão à sua frente; ou de uma mosca, que é capaz de se esquivar de ameaças vindas de todo o lado? Sobre qual destes animais — a mosca e o ser humano — lhe parece que Deus pensou: "Há que investir forte na segurança desta preciosa criatura para tentar protegê-la de todo e qualquer ataque"?

Provavelmente por despeito, o mesmíssimo despeito de Caim, damos à mosca tratamento igual ao que reservamos para os piores criminosos: a eletrocussão. Somos cada vez mais sensíveis ao sofrimento dos animais, mas ninguém chora uma lágrima quando aqueles aparelhos de lâmpadas roxas fritam uma mosca. Dizem que, durante as gravações do filme *Em busca do ouro*, Chaplin enfureceu-se de tal modo com uma mosca que parou a filmagem e começou a persegui-la com um mata-moscas. A certa altura, a mosca pousou numa mesa e Chaplin aproximou-se, o mata-moscas em riste. E então parou e pousou o mata-moscas. "Que foi?", perguntaram-lhe. "Era outra mosca", respondeu. Tenho pensado muito nessa história. Como disse acima, sou bastante desocupado. Creio que ninguém desperdiçaria assim a oportunidade de matar uma mosca, nem mesmo Chaplin, nem mesmo para fazer aquela excelente piada. Mas depois ocorreu-me: as moscas são supérfluas, irritantes e fascinadas por tudo o que é podre. É a descrição perfeita de um humorista. Na verdade, somos almas gêmeas. Aquilo era solidariedade profissional.

# SOBRE CÃES E GATOS

"Você é uma gata" é um elogio. "Você é uma cadela" é um insulto — e dos pesados. Aqui está um interessante problema de semântica zoológica. De onde vem a má reputação dos cães? Nos livros, aparecem quase só para morrer. A Baleia do Graciliano Ramos, *spoiler alert*, leva um tiro. O Argos de Ulisses espera pelo dono durante vinte anos e morre assim que satisfaz o desejo de o ver. Mas os gatos têm um prestígio literário impecável. Nem o Cheshire Cat da Alice nem o gatarrão amigo do diabo em *O mestre e Margarida* levam um tiro — e mereciam. Anda por aí um famoso espetáculo musical sobre gatos. Não ocorre a ninguém escrever uma ópera rock sobre cães. Os gatos são protagonistas sofisticados, os cães são bobocas sem classe. Quando, há pouco tempo, além dos meus quatro cães passei a ter um gato, comecei a perceber a razão do fascínio. De fato, é um bicho que nos despreza de uma forma muito elegante. Está evidentemente convencido da sua superioridade em relação a nós, e é capaz de ter razão. Mas, apesar de seduzido pelo gato, mantenho-me firme no meu entusiasmo em relação aos cães. Os gatos sabem qualquer coisa; os cães são tão estúpidos como eu — o que lhes dá um encanto muito especial. Os gatos parecem ter uma informação importante acerca do que é isto de estar vivo; os cães não fazem ideia do que andam aqui a fazer.

Acham quase tudo espantoso, e não têm vergonha desse maravilhamento constante, apesar de ser tão parecido com estupidez. Os cães são crianças pequenas, os gatos são filhos adolescentes: também nos amam, embora com alguma relutância, e acham mesmo que são independentes, apesar de continuarem a precisar de nós para comer. Um gato é uma fraude ostensiva, uma ironia da natureza: parece um tigre, move-se como um tigre, pensa que é um tigre — mas pesa menos duzentos quilos.

Quando não está a dormir, é bastante óbvio que o meu gato se encontra a planejar o meu homicídio. Mas de um modo adorável. Vejo os olhos dele, quando me espreita, emboscado atrás do computador, e eu próprio começo a simpatizar com a ideia de que mereço morrer. Em raros momentos de ternura, aproxima-se de mim e lambe o meu nariz com o que parece ser lixa para madeira. É carinho e esfoliação. Amor doloroso. O cão é o melhor amigo do homem; o gato é o melhor inimigo.

# POR UM AMOR MODERNO E HIGIÊNICO

Fez-se um silêncio. Então, Gustave disse:

— O que você acha disso, Joaquim Maria?

O outro, como tinha a eternidade toda pela frente, resolveu provocar:

— Eu acho que a culpa é sua.

— Minha? O que foi que eu fiz?

— Disse que a Bovary era você. Agora, todo o mundo acha que autor e personagem são a mesma pessoa.

— Não era isso que a frase queria dizer...

— Se era figura de linguagem devia ter colocado um emoji a seguir. Daqueles amarelinhos, piscando o olho. Assim, ninguém entende. Além disso, seu personagem também era adúltero. Também quis largar marido e filha. Que vergonha, Gustave.

— E sua Capitu? Não traiu também?

— Ainda hoje ninguém sabe. Eu sei, mas não digo. Muito menos agora.

Gustave procurou ajuda.

— John, George, venham cá. Vocês não tinham uma canção chamada "Run for Your Life", em que um homem ciumento ameaça matar a namorada caso ela o traia?

— Xi, que amor datado... — comentou Machado. Gustave continuou:

— Alguma vez alguém suspeitou que essa fosse a vossa posição pessoal?

— Não — disse John, — mas eu também cantei "Eu sou o homem-ovo, eu sou a morsa", portanto ficava mais fácil entender que nem sempre o que eu dizia era verdade.

— "Eu sou a morsa" — resmungou Machado, abanando a cabeça. — O lsd é o doping da arte. Difícil era inventar um morto que fala só com a ajuda da cachaça, como a gente fazia no meu tempo.

Gustave não desistia:

— Vamos chamar o Bizet. Ele matou a Carmen, mesmo. Tem as mãos sujas de sangue fictício. Georges, vem aqui. Se fosse hoje, você teria feito igual?

— Faria ligeiras alterações. A Carmen não trabalharia na fábrica de tabaco, para não incentivar o tabagismo, o amante não seria toureiro, para não pactuar com o sofrimento animal, os ciganos não seriam contrabandistas, para não perpetuar o estereótipo, e ela não morreria no fim, para não patrocinar a violência doméstica. Tirando isso, era tudo igual.

Então, Flaubert disse:

— Joaquim Maria, tem aí dessa cachaça de que você falou? Estou com vontade de brindar ao fato de termos morrido todos antes da invenção do Facebook.

Machado foi buscar a garrafa, satisfeito. Ele conhecia bem aquele alívio do defunto que está conformado com ser defunto. Tinha sido ele a inventá-lo.

## CURRICULUM VITAE

Nunca fui escolhido em último na pelada. Talvez esse seja o meu maior orgulho.

Nem comigo mesmo sou totalmente honesto, totalmente aberto. Porque sou um outro. Estar em frente a mim é estar perante outra pessoa, um estranho, quase-estranho. Ele é sobranceiro e julga-me, mesmo que não diga nada.

No exame de História da Arte, o professor perguntou por Renoir. Eu só tinha estudado Manet, e então disse que um dos aspectos mais curiosos da obra de Renoir era o diálogo que ela estabelecia com os quadros de Manet, e falei sobre Manet. Passei.

Nunca expressei riso por escrito através da repetição da letra κ.

Retenho com facilidade uma quantidade bastante grande de informação inútil. Por exemplo, nos anos 90 o Benfica teve um jogador romeno chamado Panduru. O seu nome completo era Basarab Nică Panduru.

Uma vez, ao jantar, fiz as minhas filhas rirem tanto que uma expeliu água pela boca e a outra fez xixi. Afinal, é esse o meu maior orgulho. Nunca ter sido escolhido em último na pelada vem logo a seguir.

Tenho quase a certeza de que, quando eu era pequeno, não havia kiwi. A gente entrava na mercearia e havia as frutas tradicionais: laranja, maçã, banana, uva. O feijão com arroz das frutas. De repente, apareceu o kiwi. Uma espécie de batata peluda com o miolo verde. A minha avó desconfiava do kiwi. Eu também.

Quando eu morrer quero ser cremado. Depois, desejo que as cinzas sejam depositadas numa cápsula especial. Essa cápsula será então introduzida na bunda de uma vaca amarela feita de papier-mâché, em tamanho real. A seguir, alguém põe a tocar "My Heart Will Go On", o tema de Céline Dion. Mesmo no momento do último acorde, com o auxílio de um mecanismo hidráulico, a vaca expelirá as cinzas para o ar. Depois será servido um coquetel em que todas as conversas devem incluir a palavra "clavícula".

Um dia tive uma ideia engraçada sobre a natureza humana e depois descobri que Millôr Fernandes tinha tido exatamente a mesma ideia uns 30 anos antes. Fiquei triste e contente.

Não passa um dia sem que me lembre da minha avó.

Não sou racista, exceto em relação à comunidade de pessoas que expressa riso por escrito através da repetição da letra ĸ.

Ando a fazer à vida o mesmo que fiz ao professor de História da Arte.

# TER OU NÃO TER

Chega sempre aquele momento na vida de um casal em que eles (calma, leitor. Não é uma falha de concordância. Eu sei que "casal" é do singular, e "eles" é plural, mas acontece que optei por usar aqui uma silepse, a figura em que a concordância não tem em conta a palavra mas aquilo que ela designa. Um casal tem dois elementos, e é a eles que se refere aquele "eles". O leitor fez mal em ter interrompido. Não deve ter muitos colunistas que lhe ofereçam uma silepse logo na primeira frase, e mesmo assim protesta). Como eu dizia, chega sempre aquele momento na vida de um casal em que eles optam entre viver felizes para sempre ou ter filhos. A maior parte dos casais escolhe a segunda hipótese. Foi o que eu fiz. Na verdade, não há nenhuma boa razão para ter filhos. Não me interpretem mal: eu adoro as minhas filhas. Na maior parte do tempo. Mas não houve nenhum motivo nobre por trás da decisão de as ter. Tive-as, simplesmente. Quase toda a gente tenta apresentar um bom argumento a favor de ter filhos. Quase toda a gente falha. Um dos mais comuns é: os filhos dão muita alegria. É verdade, mas não constitui uma boa razão para tê-los. Para dar alegria já existem cachorros e peixinhos de aquário. Esse nicho de mercado está bem preenchido. Quem deseja alegrar-se também pode contratar um artista de variedades. É mais justo e decente do que gerar um ser para nosso divertimento.

Outro argumento é: para dar sentido à nossa vida. Também não serve. Quando admitimos que são os filhos que dão sentido à vida, estamos a dizer que a vida deles não tem sentido, pelo menos até eles terem filhos. Ou seja, geramos uma vida sem sentido para dar sentido à nossa. Não parece correto. Até resolver esse problema filosófico, convém continuar a investir em métodos anticoncepcionais.

No meu caso, talvez a irresponsabilidade tenha sido, por uma vez, o caminho acertado. Não sei por que tive filhas. E assim é que está certo. Elas não devem ter uma razão de ser, uma utilidade. Olhar para elas, vê-las crescer, é a única coisa a que eu tenho direito. Por isso, todas as noites, quando vou dar um beijo nas minhas filhas, já elas dormem, segredo-lhes ao ouvido: "Um asilo melhor para o papá". Para que, quando eu for velho, elas escolham para mim uma casa de repouso superior à da minha mulher. Ver essa ideia a germinar no subconsciente delas fará a minha felicidade.

# A BOCA DOS RICOS

Num conto de F. Scott Fitzgerald chamado "O rapaz rico", o narrador diz: "Deixem-me dizer-vos uma coisa sobre os ricos. Eles são diferentes de nós." De acordo com uma lenda, Hemingway terá comentado: "É. Eles têm mais dinheiro." O sarcasmo de Hemingway justifica-se, mas a observação de Fitzgerald é verdadeira. O erro dele foi não fundamentar aquela suspeita, que assim passa por platitude. Os leitores habituais desta coluna já perceberam, os quatro, que eu sou parecido com Scott Fitzgerald, tirando ser capaz de raciocínios mais sofisticados e possuir recursos estilísticos superiores. Vou demonstrá-lo hoje mais uma vez. De fato, os ricos são diferentes de nós. A diferença manifesta-se sobretudo no que eles fazem com a boca. Ricos, tenho constatado, não abrem muito a boca — exceto metaforicamente. Talvez esse seja o seu traço mais característico: mantêm os lábios comprimidos, como se tivessem engolido o cofre com as joias da mãe. Riem com cuidado, ao passo que pobre ri com a boca toda. É irônico que gente com menos dentes os exiba com mais gosto do que pessoas que bons dentistas dotaram de uma dentição completa. O escritor português Almeida Garrett, uma vez, desabafou: "Há umas certas boquinhas gravezinhas e espremidinhas pela doutorice que são a mais aborrecidinha coisa." Não estava a pensar nos ricos, mas podia.

Outra ironia: os ricos mantêm a boca fechada também perante a comida. Sempre que sou convidado para comer em casa de gente rica, eu janto antes de sair. Caso contrário, já sei que vou passar fome. Se almoço com gente pobre é o contrário: já sei que depois não janto. Porque ainda estarei a digerir a feijoada, a bebida, mais do que uma sobremesa. Se como num casebre, numa aldeia, sou forçado a comer; se janto num bom apartamento, na cidade, obrigam-me a jejuar. Na aldeia há pão, enchidos cortados com uma navalha, queijo e uma pipa de vinho. Na cidade há um prato nu com sete feijões e um risco de molho sobre meia fatia de carne. Quando eu descubro com que garfo se come aquilo, o mordomo já levou. Os restos do meu prato, quando a refeição termina na aldeia, são mais fartos do que o conteúdo do prato quando a refeição começa na cidade. Fico de boca aberta com isso.

# TEM GENTE QUE É PESSOA

Pelas minhas contas, temos: pessoas, gente, povo e humanidade. O pior são as pessoas, claro, e o melhor é a humanidade. As pessoas não usam setas no trânsito; a humanidade foi à Lua. A humanidade é tão digna que, muitas vezes, aparece grafada com h grande: a Humanidade. Isso nunca aconteceu às pessoas, e bem. Não faz sentido escrever que as Pessoas jogam lixo no chão (coisa que a Humanidade, aliás, nunca faria). As pessoas raramente merecem a honra da maiúscula. Em geral, são referidas no fim da conversa, em tom de lamento: "realmente, as pessoas...", e sempre com p pequeno.

A gente talvez esteja num patamar acima, mas não muito. Tem gente muito estúpida. O que é normal, dado que a gente costuma ser formada por muitas pessoas. Mas, apesar de tudo, às vezes é possível confiar na gente, e até desejar combinar um programa com ela, como fica claro na frase: "E aí, gente, vamos sair?" Um convite que, não por acaso, nunca é feito às pessoas.

O povo já é outra coisa. Dedica-se sobretudo à política, e com uma nobreza que falta claramente às pessoas. Os políticos, infelizmente, são, em geral, pessoas. O povo, que é sábio, vota neles, mas apenas porque não tem alternativa. Pudesse o povo votar no povo e as nações, verdadeiramente governadas pelos povos, prosperariam. No entanto, o povo não tem outro remédio senão votar em pessoas, com os resultados que todos conhecemos.

Não surpreende, por isso, que a Humanidade seja capaz de tantas e tão grandes façanhas: ela é formada pelo conjunto dos povos. Quando os povos se juntam para criar a Humanidade, aliam a excelência de cada um à dos outros, e o resultado é uma entidade que consegue atingir cumes da civilização, como as vacinas, a conquista do espaço e o gim tônica.

Falta descobrir o essencial: em que ponto passam as pessoas a ser gente — e, sobretudo, quando é que a gente se transforma em povo e Humanidade. Esse momento tem de ser identificado e estudado na escola. Deve ser uma delícia viajar de ônibus com a Humanidade, aguardar na fila do supermercado atrás da Humanidade, ir ao estádio ver o nosso time na companhia da Humanidade. Fazer tudo isso com pessoas é quase sempre chato, e muitas vezes perigoso.

# PARE, OU EU NARRO

Toda a gente conhece a história: Shariar descobre que a mulher o engana e decide matá-la. Fica então convencido de que todas as mulheres são iguais – que é uma ideia que os homens que não conhecem muitas mulheres costumam ter. Para não voltar a ser enganado, desposa uma nova mulher todas as noites, e executa-a no dia seguinte. Até que aparece Sheherazade, que consegue salvar-se porque vem armada. Não traz uma faca, nem uma arma de fogo: traz uma história. Começa a contá-la nessa noite e deixa o final para o outro dia. Uma vez que tem curiosidade em saber como a história acaba, Shariar protela a execução. Na noite seguinte, Sheherazade repete o truque: acaba de contar aquela história e começa outra. E assim sucessivamente, durante mil e uma noites. A certa altura, já não sabemos quem está a torturar quem: ele, que a mantém sob ameaça de morte; ou ela, que adia o fim das histórias para o dia seguinte? É um estratagema que suspende o mundo: a morte de Sheherazade fica suspensa, mas a vida de Shariar também. Não saber o fim de uma história gera um incômodo muito estranho. O leitor conhece aquela do assassino que só mata pessoas de nome Alfredo? Não existe, eu acabei de inventar. Vê como é chato? A gente fica a pensar: que assassino é esse? O que é que ele tem contra Alfredos? E mata para se divertir, ou é um assassino profissional que recusa todas as missões exceto as que têm como alvo um Alfredo? Se for esse o caso, conseguirá sustentar a família, com esse escrúpulo bizarro? Os seus filhos rezam todas as noites por um cliente a quem um Alfredo tenha desonrado? Ficamos sem saber. E as histórias inacabadas, que agarram Sheherazade à vida, talvez façam o mesmo por Shariar. É uma hipótese minha: uma história sem final não salva apenas a vida de quem a conta; também salva a vida de quem a ouve. A vida do ouvinte também não acaba enquanto ele estiver tomado por aquela inquietação. Será verdade? Não sei, mas vale a pena tentar. Todos os dias, devemos começar uma história, e acabá-la apenas no dia seguinte – altura em que começamos outra. Tendo em conta esse objetivo, e desejando contribuir para a imortalidade do leitor, tenho todo o gosto em deixar esta coluna pela met

# NATUREZA MORTA COM
# CLIPE E GRAMPO

Quando Rita Lee disse que amor era bossa nova e sexo era carnaval, ficou evidente que ela sabia muito mais do que eu sobre amor, sexo, bossa nova e carnaval. Não foi uma grande surpresa: ela é uma estrela do rock e eu sou um simples sujeito, e toda a gente sabe que as estrelas do rock dominam aqueles assuntos muito melhor do que simples sujeitos. E só de olhar para estrelas do rock e para simples sujeitos é possível distingui--los — exceto, talvez, no caso de Elvis Costello.

Acresce que aquelas metáforas me são inacessíveis: sou de um país que não tem bossa nova e no qual o carnaval decorre no inverno. Desfilar sob uma chuva gelada redunda muito menos vezes em sexo do que em gripe. Em Portugal, carnaval não é sexo, é banho de água fria. Ou seja, o exato oposto do sexo. Por isso, para efeitos de metáfora, tenho apenas à minha disposição o que a minha vista alcança. No caso, os objetos que se encontram sobre a minha escrivaninha. Um clipe e um grampo. Descortinar símiles na bossa nova e no carnaval é fácil, com todo o respeito. Mas arrancar figuras de estilo de material de escritório requer alguma habilidade. Infelizmente, eu não a tenho. Uma vez que disponho de bastante tempo livre, posso tentar. Qual destes, o clipe e o grampo, é amor, e qual é sexo? Talvez o clipe seja amor. Tal como o amor, o clipe é um pequeno milagre de engenharia. Faz falta um historiador do clip, que descreva o exato momento em que alguém, necessitado de agrupar temporariamente algumas folhas, disse: "Já sei: vou retorcer um ferrinho". Há um certo descompromisso no clipe — como no melhor amor. Mantém as folhas juntas, mas não as prende demasiado. Elas são livres de ir embora quando quiserem. Talvez partam com um vinco, que pode mesmo ser profundo, mas, enquanto estão juntas, é um querer estar preso de livre vontade.

O grampo, em princípio, é sexo. Até porque envolve penetração. Ou talvez o grampo seja casamento. É isso: clipe é amor, grampo é casamento. Como todo o mundo que já amou e contraiu matrimônio sabe, amor e casamento são perfeitos antônimos. É por isso que as tragédias costumam acabar com uma morte e as comédias costumam acabar com um casamento. O casamento é o fim da comédia. E o princípio da tragédia.

# O ÚNICO ANIMAL QUE

Talvez uma boa definição de ser humano seja esta: aquele que é capaz do soneto e da digestão. O leitor não parece convencido. Eu estava a tentar ser elegante. Vou optar pela crueza, agora: aquele que ama e defeca. Sinto que o leitor continua insatisfeito. Isso é porque o leitor não gosta que lhe recordem que defeca. Ora, eu não sirvo para outra coisa. Tenho dedicado a vida a recordar a seres humanos que eles defecam. É um trabalho pesado, mas alguém tem de o fazer. Parecemos deuses quando amamos, mas ninguém é deus no banheiro. Confirmem na estatuária grega: nenhum escultor arrancou uma privada de um pedaço de mármore. Para prevenir, os heróis trágicos nem comem. Os heróis cômicos não fazem outra coisa: Falstaff é gordo, Pantagruel é um gigante glutão. Mas os super-heróis, por exemplo, nem um pãozinho de queijo petiscam. Nunca vi o Super-Homem a almoçar. Desconfio de gente dessa. No capítulo IV de *Gargântua*, Gargamelle, a mãe do gigante, acaba de engolir uma refeição bizarra e vasta. Rabelais, lembrando o processo a que aquele repasto será sujeito, suspira: "*Ô belle matière fécale...*" O que significa "Oh, bela matéria fecal", mas na romântica língua francesa — e creio não ser o único a considerar que nunca ela pareceu tão romântica. Humoristas de todos os tempos e lugares têm demonstrado um fascínio muito grande por matéria fecal — uma idiossincrasia, entre muitas, que partilham com crianças pequenas. Deuses não têm graça, mas um bicho que é animal e deus dentro da mesma embalagem, tem. É isso que nós somos: produzimos amor e caca. O humor celebra essa coincidência: diverte-se a assinalar que estamos mais longe dos deuses do que pensamos, e mais perto dos animais do que gostaríamos de admitir. Mas também faz, digamos, o elogio da caca. Festeja a caca como documento comprovativo do prazer da mesa, da vibração da vida no nosso corpo. O poeta português Jorge Sousa Braga escreveu este belo e inegável verso: "A merda é a única coisa que não se pode conspurcar". A superioridade dos humanos é essa: os deuses não são capazes de produzir nada tão puro.

# ISSO NÃO É ISSO

A vida é um paradoxo. E, ao mesmo tempo, não é. (Viu o que eu fiz? Ah, ah!) O filósofo chinês Chuang-Tzu disse que "a felicidade perfeita é a ausência da busca da felicidade". Fiquei feliz quando o soube, mas foi coisa rápida. Depressa recuperei o meu estado depressivo. Porque se eu parar de buscar a felicidade, estarei na verdade a fazê-lo com o objetivo de obter a felicidade, seguindo a recomendação de Chuang-Tzu, e nesse caso a ausência da busca da felicidade transforma-se numa busca da felicidade. Não sei se me fiz entender, mas entretanto já me dói a cabeça. A constatação de que a vida é composta de flagrantes contradições tem tido em mim um efeito bastante contraditório: por um lado, fico satisfeito com a lucidez da observação sobre a vida; depois, verifico que cada vez entendo menos da vida. Dou um exemplo: há gente que se suicida porque o mundo não as compreende. Ora, eu não compreendo que uma pessoa se suicide porque não a compreendem. Que alguém se suicide por causa de uma dívida, de um desgosto, ou por ser fisicamente parecido com Ernest Borgnine, aceita-se, mas atentar contra a própria vida alegando a incompreensão do mundo é apenas estúpido.

Pela minha parte, mais depressa me suicidaria se o mundo me compreendesse. É bom não esquecer que o mundo compreende perfeitamente, digamos, Michel Teló. Mas ainda hoje o mundo está para saber o que é que Shakespeare queria dizer quando escreveu que "a vida é uma história contada por um idiota, cheia de som e de fúria, e que não significa nada". Isso parece-me revelador. De quê, não sei. Mas uma coisa é certa: a compreensão do mundo tem sido muito sobrevalorizada. Ser incompreendido traz, até, grandes vantagens. A maior parte das pessoas tem uma consciência muito vívida da sua própria burrice, pelo que tende a considerar inteligente tudo aquilo que não consegue compreender — atitude que acaba por ser ajuizada. Isso significa que, não raras vezes, o incompreensível passa por genial. Muitos artistas plásticos contemporâneos têm baseado toda a sua carreira nesse fenômeno.

A grande questão que se coloca é, no fundo, esta: será sensato querer ser compreendido pelo mundo? Bom, sabendo que Campinas faz parte do mundo, a resposta só pode ser negativa. Compreendem? Espero que não.

# UM COMPLEXO BASTANTE COMPLEXO

Pôr um filho no mundo é uma responsabilidade, é uma alegria, é gerar um ser que vai querer matar-nos. A maior parte das pessoas concentra-se na parte boa, mas Sigmund Freud alertou para o resto. Parece que qualquer garoto nasce com vontade de assassinar o pai e casar com a mãe. São estranhos, os valores desse pequeno cidadão. Por um lado, respeita o instituto do casamento; por outro, não se incomoda com homicídio e incesto. É um jagunço selvagem que leva a sério a santidade do matrimônio.

Freud formulou esta teoria depois de ter visto *Édipo Rei* no teatro. Se Freud assistisse a telenovelas, talvez a sua perspectiva fosse diferente, e visse o homem como um ser que nasce com uma inclinação primitiva para cortejar uma moça de condição social diferente durante 250 capítulos, ao mesmo tempo que descobre que tem um irmão gêmeo mau do qual foi separado à nascença. Mas ele preferia tragédias gregas, e é por isso que hoje falamos em complexo de Édipo, e não em complexo de Tarcísio Meira. Na verdade, na tragédia de Sófocles, Édipo mata o pai e desposa a mãe, mas há um detalhe importante: ele não faz ideia de que está a fazê-lo. De fato, ele está a fazer tudo para evitá-lo. É um pouco cruel uma pessoa dar o nome a um complexo que não tinha. O que se passa é que Édipo era adotado e não sabia quem eram os seus pais verdadeiros (e daqui se conclui que Sófocles, ao contrário de Freud, era apreciador de telenovelas). Quando lhe dizem que o seu destino é matar o próprio pai, ele foge de Corinto, pensando que a profecia se refere ao pai adotivo. No caminho para Tebas, ele tem uma briga na estrada. Um velho recusa tirar o carro e ordena-lhe que se afaste. Segue-se uma luta e Édipo mata-o. Mais tarde, vem a saber que o velho era o seu pai. Ora, Édipo nunca teria assassinado aquele homem se soubesse que ele era seu pai. Freud enganou-se. A gente nasce com um impulso primordial para matar, não o pai, mas idiotas que não respeitam o código de trânsito. Basta dirigir dez minutos em São Paulo para sentir, no íntimo mais profundo, que a teoria de Freud estava errada, e a minha está certa.

# TODOS JUNTOS AGORA

Há uns anos, não sei se se lembram, uma parceria luso-brasileira sacudiu o mundo. Michel Teló cantou, Cristiano Ronaldo dançou, e a música "Ai, se eu te pego" dominou o planeta. Ficou demonstrado o poder que portugueses e brasileiros têm quando se juntam. Agora é só usar essa força para o bem.

Vocês, naquele episódio, tiveram maior responsabilidade que nós, portugueses: se o vosso não tivesse cantado, o nosso não teria tido o que dançar. Mas não é hora para apontar culpas. O caso foi, apesar de tudo, um pequeno milagre. Não é assim tão fácil que portugueses e brasileiros se entendam. Temos disputas antigas e insanáveis sobre grandes figuras. Gregório de Matos nasceu antes da independência, mas vocês reivindicam que ele é brasileiro. O Padre António Vieira nasceu em Lisboa, mas mesmo assim vocês teimam que ele é brasileiro. O Roberto Leal a gente oferece, mas vocês dizem que ele é português. São muito espertos.

E depois há o problema da língua. Parece a mesma língua mas não é. Ou parece que é outra mas é a mesma. Não sei bem. Seja como for, é improvável que a gente se entenda. Há palavras que, depois de cruzarem o oceano, deixam de rimar. Em português de Portugal, os versos de Jorge Ben Jor ("Fio maravilha,/ nós gostamos de você/ Fio maravilha,/ faz mais um para a gente ver") não rimam. Nós articulamos aquele "r" final da palavra "ver". Não rima com "você".

E no lindo poema que conquistou o globo, o problema é ainda maior. A gente não usa a interjeição "nossa!". Costumamos optar por "ai, Jesus". Em vez da mãe, chamamos o filho. Também não é hábito dizermos "se eu te pego". E não usamos as palavras "balada" e "galera" — pelo menos, não com esse sentido. Recorrendo ao dicionário, substituí esses termos pela sua definição e fiz outros pequenos acertos. Dá isto: "Sábado, no divertimento em estabelecimentos próprios, que se prolonga pela noite dentro, geralmente com consumo de bebidas/ O conjunto de pessoas que mantêm uma convivência próxima, seja por laços de amizade, familiares ou profissionais, começou a dançar// Ai Jesus, ai Jesus,/ assim tu matas-me// Ai, se eu te apanho/ Ai, ai, se eu te apanho". Fica ligeiramente menos dançável. É no que dá não morar num país tropical.

# SAMBAR COMO UM IDIOTA

Um idiota deve poder sambar? Acho que sim, até porque é das coisas menos perigosas que um idiota pode fazer. Sou sempre a favor de que idiotas se exprimam. Primeiro, porque é higiênico: um idiota calado parece mesmo uma pessoa, e a gente pode ter a imprudência de se aproximar dele. Só quando ele fala a gente percebe que ele é um idiota. Segundo, por razões morais: uma das principais diferenças entre nós e os idiotas é que eles podem falar nos nossos regimes e a gente não pode falar nos regimes de que os idiotas gostam. É um sinal da nossa grandeza. Terceiro porque, quando um idiota fala, normalmente ele só causa dano à sua reputação. Só um idiota impediria um idiota de fazer figuras ridículas.

Mas e se o idiota quiser desfilar no carnaval em memória de torturadores? É uma questão meramente acadêmica, porque felizmente ninguém é assim tão idiota. No entanto, eu autorizaria. Prefiro combater ideias com outras ideias. Em vez de proibir, contrapor. Imaginemos que um grupo, hipoteticamente chamado Bloco Porão do DOPS, pedia para desfilar. Se eu mandasse, diria: com certeza. Vão entre o Bloco Fogueiras da Inquisição e o desfile de uma escola que vai fazer um samba-enredo de homenagem ao câncer colorretal. Tenho a certeza de que dois grupos de cidadãos se disponibilizariam imediatamente para homenagear a Inquisição e o câncer, e fornecer o justo enquadramento ao Bloco Porão do DOPS. Impedir o desfile teria apenas a vantagem de ver apreciadores da ditadura queixando-se de censura. Um apoiante de ditaduras lamentando censura é como um apreciador de pornografia lamentando nudez. Seria engraçado, mas também enviaria uma mensagem muito perigosa. Se um juiz proibisse um desfile em memória do DOPS, estaria na verdade a dizer: "Aqui no Brasil só é possível homenagear torturadores em sessões oficiais de impeachment. No carnaval não, porque isso é coisa séria". Ora, eu não sei se é bom para um país que os seus desfiles de carnaval sejam mais decentes do que a sua Câmara de Deputados.

# UMA VIRTUDE MORTAL

Ser preguiçoso dá muito trabalho, mas a maior parte das pessoas não sabe disso porque nós, os preguiçosos, temos preguiça de explicar. Claro, nós poderíamos fazer como os outros, que se entregam ao trabalho para evitar a contemplação do seu abismo interior, mas seria o caminho mais fácil. Esse é o preço a pagar por sermos mais corajosos, não termos medo de enfrentar o terrível ócio, de passar tempo sozinhos conosco próprios. Os outros queixam-se dos colegas de trabalho; nós sabemos que a companhia mais terrível é a nossa. A gente pode evitar o Fagundes da contabilidade, mas ninguém consegue escapar a si mesmo, nem depois de se aposentar.

A fábula da cigarra e da formiga deixa muito claro que a gente que possui ética de trabalho não se recomenda. A cigarra só tem qualidades: canta, que é um prazer que oferece aos outros; é humilde, tanto que se sujeita a pedir ajuda à formiga; é desapegada dos bens materiais, pois não junta riqueza. E a formiga é só defeitos: tem gosto em dar lições aos outros, que é uma característica que apenas se tolera em professores e mães; nutre um claro desprezo pelas artes; não tem compaixão por quem está na miséria. O nosso sistema educativo parece empenhado em fazer-nos admirar a formiga, contra todas as evidências e o mais elementar bom senso. Ser cantora é, muitas vezes, uma profissão rentável; carregar comida não é. Na vida real há muita gente cuja profissão é carregar comida que sonha em ser cantora, e muito poucas cantoras que sonhem com carregar comida. Além disso, estou disposto a apostar que jamais, na história da língua portuguesa, foi proferida a frase: "Vamos ter de jogar fora o açúcar. Há cigarras no açucareiro". Nunca vi um carreiro de cigarras a caminho do lixo. Aliás, eu nunca vi uma cigarra, sequer. Só sei que as cigarras existem por causa do La Fontaine. Conheço a palavra cigarra e o som que a cigarra faz, mas não sei distinguir uma cigarra de outro inseto qualquer. É um animal discreto, como todo o preguiçoso. Há de estar pousado algures, apreciando o absurdo da existência sem incomodar ninguém. Em sua homenagem, vou pesquisar no Google a fotografia de uma cigarra, para finalmente me inteirar da sua aparência. Mas só amanhã, talvez. Agora tenho preguiça.

# NÃO COMPREENDI MAS GOSTEI

Em vida, Stephen Hawking contribuiu para a formulação de várias teorias importantes. Mas a sua morte também demonstrou uma lei científica essencial: mesmo que as pessoas não entendam nada do pensamento de um cientista, ainda assim elas vão homenageá-lo com muita emoção no Facebook. Que fique claro: não critico. Eu também me curvo perante o absolutamente incompreensível (para mim) legado de Stephen Hawking. E fico comovido com a comoção que a sua morte gerou, porque é tão improvável. Claro que, quando David Bowie morre, a gente faz um post emocionado: "Obrigado, David, por 'Modern Love'. Essa música acompanhou-me em certa viagem, ajudou-me a superar determinada situação, fez com que eu me entendesse melhor". Mas é estranho agradecer a Hawking os teoremas da singularidade. A gente não tem ideia do que significam, não os reconhece quando os ouve, e eles não marcaram momentos importantes da nossa vida. Sobretudo, são muito difíceis de assobiar.

É fácil homenagear pessoas que a gente entende. Por isso me tocaram as homenagens a Hawking, e mais ainda o esforço colocado nessas homenagens. Neymar, por exemplo, não quis deixar de lembrar o grande cientista. Tenho a certeza de que ele está grato a Hawking pelo que lhe ofereceu no campo da cosmologia teórica e da gravidade quântica, mas preferiu agradecer a inspiração que lhe deu para ultrapassar a fissura no quinto metatarso e a entorse externa no tornozelo. E quem pode dizer que a astrofísica é mais importante que o metatarso? Eu não, certamente.

Stephen Hawking era uma mente brilhante aprisionada num corpo gravemente doente. Ou seja, sinto que corporizava uma excelente metáfora de certo país que eu conheço: é uma nação extraordinária, rica em recursos e beleza natural, aprisionada por um sistema gravemente doente. A doença do país também parece crônica e degenerativa, como a de Hawking. Hoje escrevi "ELA" no Google. Na rubrica "notícias principais" apareceu: "A rara e fatal ELA nunca travou o cientista". Ao lado, mais duas matérias: "'Ela incomodava pequenas e grandes máfias', diz colega de partido de Marielle", e ainda: "Marielle contou que era para a filha estar com ela em reunião que antecedeu o crime". Parece que o Google concorda comigo.

# VENDE-SE: ANGÚSTIA

Eu tinha 13 anos. Na aula de Religião e Moral, o padre Manuel pediu que os alunos escrevessem duas perguntas num papel anônimo e lho entregassem. Deviam ser perguntas sobre as nossas preocupações mais profundas, e seriam anônimas para garantir o nosso desassombro. Depois de recolher as perguntas, ele começou a lê-las em voz alta: "Masturbação faz mal?", "O preservativo é seguro?", essas coisas. Então o padre tirou o meu papel e leu: "O que é que eu estou aqui a fazer?" A sala estourou numa gargalhada. O padre levantou a cabeça e encolheu os ombros, desconsolado. Com toda a boa vontade, tinha-se disponibilizado para tentar apaziguar inquietações adolescentes, e um engraçadinho aproveitara a oportunidade para subverter o processo com uma piada idiota — e o padre parecia ter uma desconfiança bastante concreta sobre o autor da brincadeira. Os meus colegas também. Sabiam que era, provavelmente, o tipo de coisa que eu faria, e procuraram os meus olhos para me vitoriar. Sucede que eu não tinha feito de propósito. Era raro, mas daquela vez eu estava a sério: na pergunta "O que é que eu estou aqui a fazer?", "aqui" era referente ao planeta, não à aula de Religião e Moral. E "eu" não era o padre, era mesmo eu. O padre voltou a olhar para o papel e disse: "Esperem. Quem escreveu isto completou com uma pergunta muito boa: 'Por que nascemos se depois temos de morrer?'" E então toda a gente entendeu. Mas era tarde. A minha angústia mais íntima tinha sido estrondosamente escarnecida — e isso, para minha surpresa, era tranquilizador. O problema principal da minha existência podia ser formulado de um modo suficientemente ambíguo para matar de riso os meus companheiros. Um problema que dá vontade de rir não pode ser muito assustador. Uma dor que dá prazer ainda dói? Tentar esclarecer o equívoco da minha existência tinha gerado outro equívoco. A minha vida era uma matriosca de enganos. Quanto mais eu tentava entender, menos entendia. Por estar ocupado com esses pensamentos, não cheguei a ouvir a resposta do padre Manuel. Continuo a não saber o que estou aqui a fazer.

Talvez seja melhor assim.

# PLEONASMOS REDUNDANTES

Estávamos todos à mesa e o meu tio disse:
— O Álvaro é meu amigo pessoal.
— Sem vírgula? — perguntei eu.
— Como assim?
— Disseste "O Álvaro é meu amigo pessoal", sem vírgula.
Devia ser "O Álvaro é meu amigo, pessoal". Com a vírgula. Como
quem diz: "Ei, pessoal, o Álvaro é meu amigo".
— Não. Eu queria mesmo dizer que o Álvaro é meu amigo
pessoal.
— Que outro tipo de amigo poderia ele ser? Tens amigos
institucionais? Ou um amigo impessoal, talvez?
O meu tio soltou um suspiro fundo. Via-se que estava exas-
perado, mas não cheguei a perceber por quê. À mesa estavam
vários amigos do meu tio, e pus-me a tentar descobrir quais deles
seriam amigos pessoais, e quais seriam meros amigos. Então o
meu tio, que já tinha mudado de assunto, concluiu uma longa
peroração sobre o estado do mundo com esta ideia:
— O fundamental é que haja respeito pela pessoa humana.
— Só pela pessoa humana? — intervim de novo. — Acho
pouco. E pelas outras pessoas?
— Que outras pessoas? Só há pessoas humanas.

— Então para que dizer "pessoa humana"? Uma pessoa é uma criatura humana. Uma pessoa humana é, por isso, uma criatura humana humana. Por que repetir "humana"? Confesso confesso que não entendo entendo...

Fez-se um silêncio. Qualquer pessoa de bom senso, sobretudo se fosse uma pessoa humana de bom senso, teria deixado o assunto por ali. Infelizmente, era eu quem falava.

— O Álvaro, aquele teu amigo pessoal, por acaso é uma pessoa humana?

— Claro que é.

— És, portanto, amigo pessoal de uma pessoa humana.

— E que mal tem isso?

— Se eu mandasse, seria proibido. Receio que essa concentração de humanidade possa fazer mal à saúde.

— Muita gente diz "pessoa humana". Eu digo "pessoa humana". Gosto de dizer "pessoa humana", e tu não tens nada com isso. De hoje em diante, aliás, nunca mais direi apenas "pessoa". Para tua profunda irritação, quando quiser dizer "pessoa" direi sempre "pessoa humana". Estás satisfeito? Valeu a pena fazeres estas tuas observaçõezinhas?

— "Tudo vale a pena quando a alma não é pequena."

— Exatamente. Quem disse isso?

— O grande poeta português Fernando Pessoa Humana.

Foi uma tarde bem passada.

# SABEDORIA DE VELÓRIO

Um amigo morre e há logo alguém que nos conforta: "Ele vai estar lá em cima a olhar para ti". Como assim, a olhar para mim? Se for verdade, lamento a minha sorte e a do meu amigo. A minha, porque não voltarei a estar à vontade, sabendo que o Fernando segue todos os meus passos; a dele, porque a minha vida é muito desinteressante. Que tipo de entretenimento têm eles no Céu para que o Fernando prefira passar a eternidade a olhar para mim? Bach não toca? Chaplin não atua? Shakespeare não declama? Por que é que o Fernando deseja ver-me, digamos, a escovar os dentes? Ele não era assim em vida. Nunca manifestou interesse em acompanhar a minha higiene pessoal.

É um estranho modo de consolar alguém. Dizer a uma pessoa que tem um morto a observá-la não costuma ser entendido como uma estratégia pacificadora. Ao contrário, é o começo de vários filmes de terror. Mas, no âmbito de um velório, convencionou-se que essa ideia tranquiliza. Pessoalmente, nunca me ocorreria dizer a uma pessoa enlutada que o defunto iria passar a espiar todos os seus movimentos. Sempre admirei, aliás, as pessoas que sabem o que se há de dizer em ocasiões tristes. Muitas vezes, compareço em velórios e, com medo de repetir o que já foi dito por outros, estabeleço com a viúva um diálogo parecido com este:

— Boa noite. Já lhe disseram "Muita força nesta hora"?

— Já, sim.

— E que talvez tenha sido melhor assim, porque ele não sofreu etc.?

— Também.

— E que não somos nada? Já lhe disseram que não somos nada?

— Ainda não.

— Então era o que gostaria de lhe dizer: não somos nada...

— É bem verdade. Muito obrigada.

Esta erudição fúnebre é fruto do exame atento de velórios anteriores, e não de uma vocação íntima. Fui registrando o que as pessoas diziam e agora repito, não inventei nada. Há alguns clássicos que não uso, no entanto. Por exemplo, nunca disse a ninguém: "Lamento imenso". Parece que eu tive alguma responsabilidade no enfarte e estou a pedir desculpa. Também não digo: "Os meus sentimentos". É uma frase sem verbo. Receio que uma viúva apreciadora de linguística pergunte: "Sim, que têm os seus sentimentos? Esqueceu-se do resto da frase?" A minha avó, que sabia comportar-se em velórios, não quereria que eu fizesse feio. E ela está lá em cima a olhar para mim.

# PROMETEU ACORRENTADO AO GPS

Introduzi o endereço no GPS e ele perguntou: "Aceitar destino?" Nunca tinha reparado na pergunta. E agora? Como assim, "aceitar destino"? Não vinha preparado para uma decisão dessas. Uma pessoa pensa que vai dar uma volta de carro e de repente está numa peça de Sófocles. Que destino estarei a aceitar? Posso responder que não, mas aí estarei a rebelar-me contra o destino. Dizem que isso não é bom. Mas também não vou aceitar um destino qualquer. O GPS tem de ser mais específico. E se me calha o destino de ter o fígado comido diariamente por uma águia? Aconteceu a outros, por que não a mim? Na verdade, eu só queria ir ao supermercado. Preciso de cerveja. Só que também não estou confortável com a ideia de aceitar que o meu destino seja ir ao supermercado. Que destino mixuruca. Tem ligeiramente menos *pathos* do que matar o pai e casar com a mãe. E dá uma peça muito fraca. Que dirá o coro das oceânides? "Olha como ele percorre a seção das frutas e legumes. Agora já está na zona das cervejas. Está indeciso entre duas marcas. Uma é pilsen, outra é lager, mas ele nunca entendeu qual era a diferença. Oh, ignorância. Oh, indecisão." Ninguém quer ver três atos disso. Enfim, haverá destinos piores. Mais memoráveis, mas piores. E se a morte me espera no supermercado? Aceitar o destino será ir entregar-me nos seus braços.

Por curiosidade, coloco Samarcanda no GPS. Há aquela história do homem que vê a morte num mercado e foge para Samarcanda. O patrão do homem pergunta à morte: "Por que fizeste um gesto ameaçador ao meu servo?" A morte diz: "Não foi um gesto ameaçador, foi de surpresa: tenho um encontro marcado com ele amanhã, em Samarcanda." Pois bem, segundo o GPS, de Lisboa, onde moro, até Samarcanda, são 91 horas. É um esforço muito grande, mesmo para fugir à morte. E deve ser uma fortuna em pedágio. O servo precipitou-se. Acabei por decidir o seguinte: introduzi Samarcanda no GPS e aceitei o destino. Depois desliguei o carro e voltei para casa. Na melhor das hipóteses, despistei a morte, que a esta hora está no Uzbequistão à minha procura. Na pior, ela não se deixa enganar. Tudo bem, se a morte me quiser, que venha visitar-me em minha casa. Mas aviso já que não se divertirá muito, porque eu não tenho cerveja.

# CORRUPÇÃO NÃO ENTRA AQUI

Era uma vez uma empresa alemã que vendeu dois submarinos a Portugal. Uso essa formulação porque, tendo em conta que os fatos ocorreram há sete anos, tudo parece pertencer já ao domínio da fábula. Na Alemanha, houve um julgamento no qual certos intervenientes no processo foram condenados pelo crime de corrupção. Em Portugal, houve um julgamento no qual certos intervenientes no processo foram ilibados do crime de corrupção. Mais uma vez, a superioridade alemã ficou clara: os alemães conseguem ser corruptos mesmo quando não há ninguém para corromper. É a celebrada eficácia germânica. Neste aspecto, Portugal ficou atrás da própria Grécia, que também comprou submarinos alemães. Um ex-ministro grego envolvido no processo está preso desde o ano passado. Quando os corrompem, os gregos colaboram, deixando-se corromper. Só em Portugal as pessoas não têm a decência de participar na dança da corrupção quando são convidadas para isso.

Na verdade, não é uma questão de má vontade, mas de feitio. Os mesmos administradores da empresa que corrompeu o ministro grego confessaram, no tribunal alemão, ter corrompido responsáveis políticos portugueses. Ingenuamente, terão pensado que bastava corromper um português para que se pudesse falar em corrupção. Desconhecem a fibra de que são feitos os lusitanos, cujo material genético é à prova de falcatruas. A História demonstra que não há um único corrupto em Portugal.

A corrupção, no nosso país, é como o Papai Noel: só os ingênuos acreditam na sua existência. Para ser mais rigoroso, o corrupto português é o inverso do Papai Noel: uma entidade imaginária que, em lugar de oferecer presentes, recebe-os. Segundo a lenda, em vez de um saco vermelho, dizem que transporta um saco azul. Há quem acredite que existe, mas ninguém tem provas. É uma questão de fé pueril.

Os tribunais continuarão a perder tempo e dinheiro a julgar portugueses suspeitos de corrupção perante a passividade de todos. Ninguém toleraria que a polícia gastasse recursos a perseguir e prender todos os velhos gordos de barba branca em busca do Papai Noel. E, no entanto, todos se calam perante o escândalo que ocorre nos tribunais, que teimam em tentar encontrar um português corrupto quando é mais do que evidente que não existe nenhum.

# DIZ QUE PRINCIPIA
## UMA COMPETIÇÃO DESPORTIVA

A escandalosa escassez de informação sobre o assunto leva a que, provavelmente, o leitor não saiba que começa hoje o campeonato do mundo de futebol. Trata-se de uma competição entre times compostos pelos melhores jogadores de 32 países, e disputa-se no Brasil. Os jogadores portugueses têm feito vários deslocamentos, a bordo de um ônibus, mas os jornalistas persistem em ignorá-los. Ao que parece, nesta altura o time português já se encontra numa unidade hoteleira do Brasil, mas, tirando a exata localização geográfica, a descrição pormenorizada das instalações e o nome e endereço de todos os funcionários do hotel, são muito poucas as informações que nos chegam.

Para receber o mundial, o Brasil renovou e construiu vários estádios, incluindo o estádio nacional, em Brasília — uma cidade em que os times de futebol não têm grande expressão. O recinto tem capacidade para cerca de 73 mil pessoas e, curiosamente, chama-se estádio Mané Garrincha — e não estádio do Algarve, nome que se costuma dar a estádios que, depois de acolherem dois ou três jogos, deixam de ser usados. A humanidade é culturalmente diversa, mas é muito belo constatar que existe um traço que une a espécie humana inteira: há construtores garganeiros em toda a parte. É sob o signo do construtor garganeiro que a humanidade dá as mãos e constrói o futuro. E depois o futuro nunca mais fica pronto, porque esses empreiteiros prometem sempre o fim da obra para uma determinada data, mas adiam sistematicamente o fim da construção.

De acordo com os jornais brasileiros, alguns estádios ainda não estão prontos, o que representa um motivo de orgulho para Portugal. Significa que os brasileiros retiveram algumas das nossas características mais encantadoras. O destino deste mundial começou a ser traçado em Tordesilhas, há 520 anos. É comovente ver as marcas mais representativas da cultura portuguesa um pouco por todo o lado, testemunhando a nossa presença nos quatro cantos do mundo. Alguns dos estádios não passaram nos testes de segurança, pelo que podem registrar-se incidentes dentro dos recintos. Fora dos recintos, vão certamente registrar-se incidentes, devido às manifestações de boa parte da população brasileira contra a realização do mundial no seu país. Parece que os manifestantes preferem hospitais e escolas que acolham condignamente os cidadãos a estádios que acolham condignamente o Bósnia Herzegovina × Irã. Confesso que não sei a quem é que eles saem assim. Alguma coisa correu mal na nossa colonização.

# DAI A CENTENO O QUE É DE CENTENO

Então chegaram junto de Jesus uns fariseus que se interessavam por questões tributárias. E, talvez um pouco enfastiados de parábolas acerca do reino dos céus, quiseram saber a opinião do Messias a respeito do regime de tributação sobre dividendos agrícolas. E perguntaram-Lhe: "Mestre, devemos pagar o imposto a César ou não?" E Jesus disse: "Trazei-me uma moeda". E os fariseus deram-Lhe uma moeda, embora com relutância, evidentemente, pois eram judeus. E então Jesus disse: "De quem é a figura que está nesta moeda?" E eles responderam: "É de César. Ainda precisais da moeda ou já podeis devolvê-la?" E Jesus disse: "Pois então dai a César o que é de César, e a Deus o que é de Deus". E ficou muito claro para todos que o Messias tinha dito "Pagai e não bufai", mas de um modo mais elegante. E todos compreenderam que, embora tivesse vindo para nos salvar da morte, em relação aos impostos Ele nada podia fazer, pois a onipotência tem limites e um deles é o fisco. E então passaram dois milênios de exegese bíblica, e ao que tudo indica aquela frase passou a ser interpretada como se Ele não tivesse dito "Dai a César o que é de César", mas sim "Tentai obter uma isenção fiscal total, por exemplo através da assinatura de uma concordata". E os imóveis da igreja católica passaram a estar isentos de IPTU, incluindo os edifícios em cujas salas decorressem aulas de catequese. E aconteceu que, muitos anos depois de Jesus, o fisco veio a considerar que os edifícios e terrenos que a igreja arrenda a terceiros, ou que não utiliza para fins religiosos, não estão abrangidos pela concordata. E houve grande lamento e ranger de dentes, porque as riquezas da igreja não contam como riquezas, tanto que Jesus contou a parábola do jovem rico e não a parábola da diocese rica, pois o Senhor deseja que os jovens ricos se despojem de todos os bens e que todas as dioceses ricas se despojem de todos os impostos sobre os bens. E, como os edifícios usados para fins religiosos estavam isentos de IPTU, todos os contribuintes quiseram aceitar Cristo em seus corações, e transformar suas casas em templos, e ensinar catequese aos filhos em todas os cômodos, pois a promessa da vida eterna não os tinha convencido, mas a hipótese de uma isenção fiscal até converte o Diabo. Palavra da salvação.

# FÉ POR APENAS 9 EUROS E 99

Os muçulmanos acreditam que uma espécie de cavalo alado transportou o profeta Maomé de Meca até Jerusalém numa noite. Os cristãos acreditam que um homem, nascido de uma virgem, voltou à vida três dias depois de ter morrido. Eu próprio acreditei que um time formado por Preud'homme; El Hadrioui, Jorge Soares, Ronaldo e Edgar; Leônidas, Jordão, Bruno Caires e Seo Jung-won; João Pinto e Nuno Gomes, poderia sagrar-se campeão nacional na época de 1997/98. Cada um tem direito às suas crenças extravagantes.

Mesmo quem não é crente deve admitir que, em Fátima, se deu um milagre. Por um lado, como já tive oportunidade de confessar, não acredito que a mãe de Jesus tenha estado no conselho de Ourém em 1917. Em nenhum versículo dos evangelhos Nossa Senhora sugere, sequer, a intenção de algum dia visitar o Ribatejo. Não há uma referência elogiosa à várzea, uma expressão de interesse pelas sonoridades do fandango, nada. Por outro lado, sou forçado a reconhecer que Fátima sofreu uma transformação prodigiosa. Não me refiro apenas ao impressionante número de pessoas que anualmente acorre à cidade para adorar a imagem da Virgem, aliás, em clara transgressão do segundo mandamento. Falo sobretudo do milagre econômico — aquele que nós, em Portugal, sabemos ser o mais difícil de conseguir.

O desenvolvimento da cidade não deixa dúvidas, e há certamente dois ou três produtores de cera em cuja vida Nossa Senhora operou maravilhas. A partir de 2013, o santuário passou a disponibilizar uma vasta gama de produtos, unindo finalmente o moderno *merchandising* e a antiga fé. De acordo com o *Diário de Notícias*, o artigo mais popular era o lenço do adeus (que custava, na altura, dois euros e meio), seguido de perto pelos crachás com a imagem da Virgem (um euro e meio), os guarda-chuvas de Nossa Senhora (nove euros), e as econômicas *t-shirts* (15 euros o pacote de duas unidades). A loja *online* Fátima Gift Shop salienta: "A devoção à Divina Misericórdia implica um compromisso completo com Deus enquanto Misericórdia. É a decisão de confiar completamente n'Ele, aceitar a Sua Misericórdia, e ser misericordioso como Ele é misericordioso. Veja a nossa completa gama de *merchandise* Divina Misericórdia". Entre esses produtos conta-se um Terço de Nossa Senhora e um Terço da Divina Misericórdia (ambos *deluxe*), bem como os Autocolantes da Divina Misericórdia para Janelas, e o Porta-Chaves da Divina Misericórdia (em oliveira). Mais recentemente, em 2016, o mesmo *Diário de Notícias* informava que um russo estava a comercializar "Ar Abençoado de Fátima" por três euros a lata, o que só parece exagerado se não tivermos em conta que, segundo o empresário Sergey Pankovets, o produto tem uma validade de 99 anos. Cerca de 2 mil anos depois de terem sido expulsos, os vendilhões têm uma nova oportunidade. Nunca é tarde para uma reparação.

# A PROPRIAZINHA

A minha principal objeção ao cinema é esta: parece-me que ver fotografias a um ritmo de 24 por segundo é um exagero. Acaba por não se ver nenhuma fotografia como deve ser. A única ocasião em que o visionamento de 24 fotografias por segundo se justifica é quando amigos pretendem mostrar-nos os seus álbuns de casamento ou de férias. Nessas alturas, suspiro pelo cinematógrafo. Ao que parece, hoje sou o único a achar enjoativas estas sessões de exibição de fotografias da vida pessoal. O mundo mudou muito. No meu tempo, contemplar fotografias de amigos era considerado um aborrecimento. Hoje, seguem-se contas de Instagram para poder apreciar os pés de uma amiga à beira de uma piscina, o gato de um colega dormindo, ou o aspecto da sobremesa que um amigo se prepara para comer. As fotos de outrora, sendo fastidiosas, eram, apesar de tudo, menos triviais. Havia amigos junto de monumentos, defronte de catedrais, perto de animais selvagens. Não ocorria a ninguém, regressado de férias, dizer aos amigos: "Olha que giro, aqui estão os pés da Clotilde junto à piscina do hotel". Ou: "Temos agora uma foto de um prato de arroz-doce que o Mário comeu". Hoje, as pessoas procuram fotos dessas. Ninguém as obriga a vê-las. São elas que buscam retratos de pés alheios. Algo se passa com a humanidade. De todas as fotografias contemporâneas, a mais perigosa é a *selfie* — ou, em português, a propriazinha. A *selfie* é o equivalente moderno da PIDE. Também persegue, tortura e mata. A PIDE contava com umas dezenas de inspetores pouco espertos e alguns alcaguetes diligentes. As *selfies* contam com milhões de utilizadores pouco espertos e o Facebook, o Instagram e o Twitter. Uma *selfie*, para os meus leitores do século XX, é uma fotografia que uma pessoa tira a si mesma, em geral com um telefone. A PIDE, para os meus leitores do século XXI, era a polícia política do Estado Novo português. Há quem morra a tirar *selfies* em posições perigosas. Há quem seja torturado durante anos pela memória de uma *selfie* irrefletida. Cristiano Ronaldo está a ser perseguido por umas *selfies* tiradas na sua festa de aniversário. Há *selfies*, *belfies* (fotografias do próprio rabo) e *felfies* (fotografias do próprio junto de animais da fazenda). Além da pulsão de vida e da pulsão de morte, é também muito poderosa a pulsão de publicar autorretratos. Freud estava distraído — provavelmente, a fotografar os próprios pés junto de uma piscina.

# ATURA-TE A TI MESMO

"Conhece-te a ti mesmo", diziam os gregos. "Ama-te a ti mesmo", recomendam os atuais gurus da autoajuda. São dois conselhos incompatíveis, pelo menos no meu caso. Ou bem que me conheço, ou bem que me amo. Considerar ambas as sugestões ao mesmo tempo é impossível, e escolher apenas uma é inútil: a primeira tarefa é desinteressante e a segunda é imoral. Posto isto, tenho optado por andar a conhecer (e, inevitavelmente, a amar) os atuais gurus da autoajuda. Aprendi três conceitos fundamentais: devo acreditar em mim, não desistir dos meus sonhos, e pensar positivo. Até aqui, a minha vida era orientada por três princípios bastante diferentes: desconfia de ti, deixa-te de sonhos, uma vez que não és a Cinderela, e pensa. Estava tudo errado. Pensar não me permitia pensar positivo. Punha-me a pensar (creio que de forma neutra) e concluía que o pensamento positivo, isto é, a ideia segundo a qual nos acontecem coisas boas se pensarmos em coisas boas, era ridícula. A minha experiência pessoal também não ajudava, na medida em que eu tinha passado toda a adolescência a pensar em coisas boas (seios, sobretudo) e não me tinham acontecido coisas boas (seios, por exemplo, nunca). Também não me dedicava a sonhar, porque imaginava que a minha vida não tinha sido desenhada por Walt Disney. Claro que houve momentos, durante a infância, em que fantasiei com o meu futuro, mas essas fantasias não se concretizaram, e é por isso que hoje não sou um cardiologista que cura pessoas durante o dia, combate o crime durante a noite e joga no time principal do Benfica ao fim de semana. Por fim, estava habituado a desconfiar de mim. Por azar, nasci sem saber fazer nada, e por isso desenvolvi uma suspeita muito forte de que não conseguia fazer nada. Essa suspeita levava-me a tentar preparar-me, para aprender. Tivesse eu sabido mais cedo que me bastava sonhar, acreditar e pensar nas coisas certas, e a esta hora estaria a beijar uma princesa adormecida há muito tempo, e a viver feliz para sempre.

Um dos aspectos que mais me aproximam dos novos gurus é o amor pela linguagem. Vê-se que não estudaram etimologia, mas acreditam, sonham, e pensam positivo sobre todas as partes da gramática. Um dos pregadores da Igreja Universal do Reino do Empreendedorismo tinha dito que a palavra "empreendedor" acabava em "dor" porque ser empreendedor era muito doloroso. Essa observação fez-me ganhar um novo respeito pelo espanador e mesmo pelo esquentador, que partilham aquela terminação, e são objetos cujo sofrimento eu desconhecia. Um outro teórico disse há dias que a nossa mente se chama mente porque nos mente todos os dias. Suponho que, em inglês, a mente se chame *mind* porque a mente dos ingleses não é aldrabona. Má sorte ter nascido português. O mesmo filósofo disse ainda que, se dividirmos ao meio a palavra "presente", temos "pré-sente", porque o presente é uma altura em que não estamos ainda a sentir — teoria que ele postula num livro a que, sem receio de cacofonias, chamou *Agarra o agora*. E acrescentou que é impossível pensar e sentir ao mesmo tempo. São ótimas notícias para as vítimas de tortura. Basta que comecem a pensar e deixarão de sentir. Desde que não se esqueçam de pensar positivo.

# CRIANÇAS ULTRACONGELADAS

Empresas como o Facebook estão a oferecer-se para pagar a congelação de óvulos às funcionárias, para que elas possam dedicar-se à carreira, adiando a maternidade. O Facebook tem 1,32 bilhão de utilizadores, e muitos deles querem dar *like* em frases inspiradoras ilustradas por fotos do pôr do sol, projeto que não conseguirão levar a cabo se as funcionárias da empresa desatarem a ter uma vida normal. Assim, quando elas quiserem ter filhos, já depois de terem desenvolvido algoritmos suficientes — ou lá o que se faz no Facebook — terão o óvulo fresquinho à sua espera. No entanto, uma vez que, do ponto de vista das empresas, nenhum momento é oportuno para ter filhos, talvez o melhor seja guardar os óvulos no congelador até a aposentadoria. Aos 65 anos, a funcionária poderá, então, incubar o filho sem prejuízo para o seu empregador, e com óbvias vantagens para si: tem tempo para dedicar à criança, sabedoria acumulada para lhe transmitir, e talvez não viva o suficiente para a ver chegar à adolescência, que é uma idade tão parva.

Há outra hipótese. Gostaria de a sugerir. As funcionárias engravidam quando lhes apetecer (peço a vossa tolerância para uma ideia tão lunática). Mas, para que a empresa não fique prejudicada pela sua ausência, entregam o óvulo fecundado a uma barriga de aluguel. Essa ideia não é original. O Facebook também se oferece para financiar barrigas de aluguel. Onde eu inovo é neste ponto: proponho que essa barriga seja a do próprio Mark Zuckerberg. Desse modo, a funcionária não abdica da carreira e ainda pode acompanhar o crescimento do seu bebê todos os dias. Basta-lhe bater à porta do gabinete do presidente da empresa. Em 2009, uma americana deu à luz oito gêmeos. Creio que Zuckerberg também tem condições para fazer germinar oito crianças no seu bandulho, e assim produzir até 32 crianças a cada três anos. Assim, mostraria que a sua empresa está realmente empenhada em impedir que a maternidade prejudique a carreira das suas funcionárias. Seria também uma mudança refrescante no mundo do trabalho: há, por essas empresas, tantos patrões que engravidam as funcionárias, que acaba por ser apenas justo que, ao menos uma vez, haja funcionárias que engravidam o patrão.

# O EVANGELHO SEGUNDO
SÃO MATEUS ROSÉ

Naquele tempo, nasceu em Belém da Judeia uma criança chamada Jesus. Vieram do oriente uns magos, usufruindo de uma promoção de sete dias e oito noites na Terra Santa, em regime de meia pensão, que incluía passagem por Safed, cidade sagrada, e visita ao túmulo do rei Davi, por apenas 2.700 euros por pessoa. Quando chegaram a Jerusalém, perguntaram: "Onde está aquele que nasceu rei dos judeus? Do oriente vimos a sua estrela e viemos adorá-lo". O rei Herodes, ouvindo isso, sobressaltou-se, e com ele toda a Jerusalém. E reuniu os seus soldados, e ordenou-lhes que matassem todos os varões menores de dois anos. E armou-os com um conjunto de facas Ginsu, que cortam ossos com um só golpe, e fatiam todos os tipos de carne e vegetais, e desmancham frangos com habilidade, e cortam até sapatos, e tudo por apenas 199 euros mais frete, com oferta de um pequeno canivete, ideal para cortes delicados. Então os magos seguiram a estrela e encontraram o menino, e prostrando-se o adoraram, e ofereceram-lhe mirra, incenso e ouro, que o menino, querendo, podia trocar na Gold Cash por dinheiro vivo, pois a Gold Cash adquire o seu ouro usado avaliando-o até cerca de 25 euros por grama. Ora, o anjo do Senhor apareceu em sonhos a José, e disse: "Levanta-te, e toma a criança e a sua mãe, e foge para o Egito, e ali fica até que eu te fale, e entretanto assiste à *Noviça rebelde* e ao *Esqueceram de mim 2*, porque a casa que irás habitar está equipada com um pacote de TV com 150 canais, que também inclui internet e telefone, e por apenas 49,99 euros por mês". E José levantou-se, e fez como lhe disse o anjo, e pegou em seu *smartphone* com tela *touch* de 5,5 polegadas e câmara fotográfica de 1,3 megapixels e enviou uma mensagem para todos os seus amigos que dizia: "O Natal é o momento de ficarmos junto daqueles de quem mais gostamos. Mas eu abdiquei de tudo isso para ficar com a minha família. LOL!" E foi o primeiro SMS engraçadinho de Natal, e todos os amigos de José a reenviaram para outros amigos, e assim sucessivamente.

Depois, a estrela do menino começou a brilhar cada vez menos, porque mesmo por baixo da estrela estava um anúncio de uma bebida gaseificada com o Papai Noel, e o anúncio brilhava muito mais do que a estrela, e entre o cordeiro de Deus que tira os pecados do mundo e um idoso anafado que oferece presentes as pessoas preferem claramente o segundo, além de que o menino oferece a vida eterna e a bebida gaseificada oferece sensação de viver, o que acaba por ser mais ou menos a mesma coisa, talvez com ligeira vantagem para a bebida.

# FRANKENSTRUMP, UMA HISTÓRIA MENOS CONHECIDA DE MARY SHELLEY

O meu nome é Victor Frankenstrump e estudei ciências na Universidade de Ingolstadt. Ao longo da minha frequência universitária pude aperceber-me de que Ingolstadt é uma cidade com bastantes consoantes. Não há muito mais aspectos notáveis nesta aborrecida localidade, pelo que os meus amigos e eu resolvemos dedicar-nos com algum afinco ao alcoolismo. Numa noite de tempestade, um dos meus colegas apostou que eu não era capaz de criar um monstro feito de partes de cadáveres humanos e cérebro de gorila. Aceitei a aposta e fomos imediatamente para o cemitério pilhar sepulturas. Tínhamos alguma experiência no assunto, porque essa tinha sido, precisamente, a atividade em que tinham consistido as praxes da universidade no ano anterior. Levamos os cadáveres para o laboratório da universidade e compusemos um corpo bastante grotesco, mas ainda assim razoavelmente parecido com o de um ser humano. A cabeça era especialmente estranha, porque pertencia a um homem que tinha morrido com um ataque de icterícia, e o rosto tinha agora um tom alaranjado, exceto ao redor dos olhos, onde era cor-de-rosa. Foi impossível obter o cérebro de um gorila, mas entretanto ocorreu-me que meu tio, Amílcar Frankenstrump, falecido na semana anterior, tinha a mundividência de um primata. O cérebro de meu tio era demasiado pequeno para a caixa craniana do monstro, de modo que preen-chemos o resto do espaço com palha, para que não chocalhasse. Depois de cosidas as partes do corpo, levamos o monstro para um descampado e atamo-lo a um para-raios, esperando que a descarga elétrica de um relâmpago lhe desse vida. O relâmpago atingiu-o em cheio na cabeça, o que fez com que parte da palha que se encontrava no interior do crânio saísse. Quando se le-vantou, o monstro estava zangado mas decidido. Disse que "o lugar das gajas era na cozinha", que "isto precisava era de um Salazar em cada esquina", que "estrangeiros é na terra deles", e que tinha uma vontade incontrolável de governar os Estados Unidos da América. Rimos bastante, porque era óbvio que, ape-sar de parcialmente composto de palha, mesmo assim faltavam--lhe habilitações para ocupar sequer o cargo de espantalho num campo de milho. Talvez pudesse fazer carreira como atração de feira, mas nunca conseguiria estar perto de ser eleito para a Casa Branca. Fomos descansados beber mais uma garrafa de absinto, finda a qual sentimos alguma vontade de votar nele. Mas temos a certeza que passa após uma boa noite de sono.

# INCENTIVO AO INCENTIVO À LEITURA

Os textos que escrevo aqui na *Visão* são frequentemente incluídos em livros da disciplina de português do ensino secundário. É uma maneira excelente de pôr os alunos em contato com escrita requintada e raciocínios sofisticados.[1] Talvez um dia este mesmo texto venha a figurar num desses livros. Seria curioso: pela primeira vez, um texto incluído numa seleta escolar refletiria acerca da circunstância de ser um texto incluído numa seleta escolar. É uma espécie de *mise en abyme*[2] capaz de aborrecer alunos durante uns bons dez minutos de aula, ou até de lhes azucrinar a paciência num teste.

De vez em quando recebo chamadas telefônicas de jovens, filhos de amigos meus, que se encontram nesse momento a proceder à "análise e interpretação" de qualquer coisa escrita por mim. Costumam estar bastante indignados. Dizem que, se eu quero ser corretamente interpretado, deveria deixar-me de brincadeiras e escrever logo o que pretendo dizer, em vez de me pôr com figuras de estilo. Que começar frases com a palavra

---

[1] Atenção: isto é bem capaz de ser ironia.
[2] Eis uma interessante expressão em estrangeiro cujo significado está disponível na Wikipédia.

"que" excita nos professores a vontade de pedir uma análise sintática, e depois quem se lixa são eles. E que estão estafados de estudar estas estúpidas aliterações, por exemplo.[3]

Ora, a culpa não é minha. Como calculam, eu nunca imaginei ser um dever de casa. Lamento profundamente que a vida se tenha desenrolado desta forma. É deplorável que milhares de estudantes tenham de me conhecer assim, entre uma estrofe d'*Os Lusíadas* e um excerto do *Auto da barca do Inferno* — e que os seus professores os obriguem a dar-me a mesma atenção que dedicaram a Camões e Gil Vicente. Foi isso que me levou a escrever esta crônica cheia de anotações explicativas, para facilitar o trabalho dos alunos.[4] Há um aspecto da minha obra que tanto alunos como professores devem manter presente: na maior parte das vezes eu escrevo estes textos em pijama. Todas as respostas de um teste ou trabalho de casa sobre mim devem incluir esta referência:

"Nesta frase — que, muito provavelmente, o autor escreveu em pijama —, encontramos uma epanadiplose.[5]" E sempre que um professor perguntar, a propósito de um texto meu, o que pretende realmente o autor, o aluno fica desde já credenciado para responder: "O autor pretende que este aluno tire 10 em Português. É a sua única ambição na vida".[6] A sério.[7]

---

3 Prometo parar prontamente com este tipo de proposição.
4 Cá está mais uma anotação bastante explicativa.
5 É difícil encontrar uma epanadiplose numa frase minha, porque eu não sei bem o que uma epanadiplose é.
6 Não há aqui qualquer ironia.
7 A sério.

# PROJETO: UM LIVRO DE AUTOPREJUÍZO

A filosofia oriental que valoriza o silêncio e a quietude não tem, para mim, nada de exótico, uma vez que foi nesse ambiente cultural que cresci. Creio que a minha avó era a única budista mahayana de São Martinho de Coura. Na verdade, ela não sabia que era budista mahayana, mas era evidente que partilhava aqueles valores. As frases que mais ouvi na infância foram, sem dúvida nenhuma, "Está sossegado um minuto, por amor de Deus" e "Ó Ricardo, cala-te". Está ali o amor pelo silêncio e o elogio da quietude com uma intensidade da qual a maior parte dos gurus não é capaz. Mas creio que a razão pela qual a minha avó foi a pessoa mais importante da minha vida é esta: ela era uma espécie de reverso dos modernos livros de auto-ajuda. Em vez de "ama-te", propunha: "sê impiedoso contigo". Não com estas palavras, claro. Tinha a terceira classe e não era dada a máximas. Mas foi a dureza dela que me ensinou uma coisa preciosa que, provavelmente, horroriza todos os profissionais da saúde mental: desvalorizar os meus sentimentos. Primeiro, por serem sentimentos; segundo, por serem meus. Primeiro, porque a maior parte dos sentimentos goza de um prestígio que não merece; segundo, porque a minha importância é bastante relativa. Esse estratagema emocional afeiçoou-se muito bem ao meu caráter. Fomos feitos um para o outro. Ainda um dia hei de escrever um elogio do recalcamento, cuja má reputação não compreendo. Não consegui muito na vida, mas devo tudo o que obtive a uma autoestima baixa. Quem se tem em pouca conta esforça-se mais, desconfia de si mesmo, não perde de vista a sua insignificância. O melhor modo de não sermos ridículos é mantermos presente que somos ridículos.

Normalmente, é nesta altura da conversa que sou acusado de insensibilidade. O que se passa é o contrário, acho eu. Acontece que não sou suficientemente insensível para aceitar os conselhos que costumam vir escritos nos livros de autoajuda. O ensinamento "Acredita e consegues" não me convém porque, infelizmente, a minha vida decorre fora de um filme do Walt Disney. O ditame "Pensa positivo e acontecerão coisas boas" também não se aplica à minha vida, porque o mundo que eu habito demonstra todos os dias que não está nem aí para o otimismo dos meus pensamentos. E a ordem "Ama-te" é apenas grotesca. Estou convencido de que isso do amor não se decreta. Desse ponto de vista, as sugestões "Ama o sr. Teixeira da papelaria" e "Ama-te" parecem-me igualmente absurdas. Mesmo que uma pessoa tenha razões para se amar, creio que a boa educação ditaria que procurasse contrariar esse impulso sórdido. Todas as cartas de amor são ridículas, já se sabe. As mais ridículas de todas são as que eu escreveria para mim mesmo, se a minha avó não me tivesse dotado dessa característica tão higiênica, decente e fundamental num mundo civilizado: a vergonha.

# O PODER DO HUMOR É
# NÃO TER PODER NENHUM

Já sei, o título tem uma dupla negativa. Desculpem. Como esta é a última vez que vou falar nisto, resolvi fazer umas repetições enfáticas. Queria dizer duas ou três coisas mais sobre o famoso poder do humor e depois calar-me, que é das poucas atividades para as quais tenho verdadeiro talento.

Muitas pessoas consideram que o humor é uma arma poderosíssima, por exemplo no sentido em que pode influenciar decisivamente referendos e eleições. Essa convicção não se baseia em fatos, mas numa sensação. Pelos vistos, o humor tem o poder de convencer algumas pessoas de que tem verdadeiro poder. Entre essa gente crédula contam-se, por exemplo, ditadores, que o temem a ponto de o proibir. Parece que, na Alemanha nazi, havia tribunais especiais para julgar os cidadãos que chamassem Adolfo ao seu cavalo. Se tivesse assistido às eleições americanas, talvez Hitler ponderasse a introdução de algumas modificações neste capítulo do código penal. O candidato mais violentamente escarnecido da história da sátira política foi eleito presidente dos Estados Unidos. Nada mau, como documento do poder do humor.

É possível que os jornalistas tenham finalmente concluído que as notícias acerca do poder do humor eram um pouco exageradas, mas há que não menosprezar outro poder: o da negação. Em março deste ano, a revista *Bustle* publicou um artigo chamado "Como Donald Drumpf e o Efeito John Oliver já influenciaram a eleição presidencial". O texto falava sobre uma emissão do programa do humorista John Oliver integralmente dedicada a Donald Trump. Oliver descobrira que os antepassados de Trump se chamavam, na verdade, Drumpf, um nome com muito menos encanto do que Trump, e decidiu lançar o movimento "Make Donald Drumpf Again", para destruir o poder de sedução do milionário. A *Bustle* vaticinava que o "Efeito John Oliver" (uma expressão que, aliás, havia sido cunhada pela revista *Time*) podia ser "aquilo que finalmente ajudaria a fazer com que o até ali indestrutível Donald Trump caísse nas pesquisas". Num artigo do mesmo gênero, a revista *Fortune* (que, em novembro de 2015, já tinha publicado uma peça intitulada "Por que é que o impacto de John Oliver não é brincadeira"), noticiava que a linha de bonés com o lema "Make Donald Drumpf Again", criada por Oliver, tinha esgotado. E o *New York Times* informava ainda que a echetégue (julgo que é assim que se escreve) #MakeDonaldDrumpfAgain tinha batido recordes nas redes sociais. Além disso, uma aplicação para transformar todas as ocorrências cibernéticas do nome Trump em Drumpf tinha sido descarregada cerca de meio milhão de vezes. Oito meses depois, Trump ganhou o direito a ir para a Casa Branca — onde, com repouso e muita ingestão de canja, talvez consiga recuperar dos graves danos causados por toda esta sátira.

Quero com isto dizer que o humor não serve para nada? Sim. É isso mesmo que quero dizer. Uma vassoura, um automóvel, um partido político, têm serventia. O humor faz parte daquele grupo de coisas muito importantes que não servem para nada. Como o amor, por exemplo.

# ZUCKERBERG, 1 × SHAKESPEARE, 0

William Shakespeare acordou e, mal abriu a internet, constatou que tinha incendiado as redes sociais. Uma espectadora da peça *Romeu e Julieta* escrevera no Facebook uma crítica que se tornara viral. A autora do texto estava triplamente ofendida: como italiana, rejeitava a ideia de que a boa gente de Verona fosse capaz de oprimir daquela forma dois jovens amantes ("o sr. Shakespeare que olhe bem para Stratford-upon-Avon, que certamente encontrará mais intolerância lá do que em Verona", dizia a crítica, sob a indicação "a sentir-se furiosa"); como farmacêutica, considerava completamente irresponsável a insinuação de que um jovem poderia adquirir numa farmácia, sem receita médica, um frasco de veneno; como encarregada de educação de uma garota de 16 anos, lamentava que uma peça protagonizada por um casal de jovens, com potencial para transmitir uma mensagem positiva, terminasse em morte, "quando todos sabemos que o suicídio adolescente é uma realidade que realmente etecetera". Quando leu que a página do Globe Theatre tinha sido invadida por centenas de mensagens de protesto, William assustou-se e, à cautela, aproveitou para colocar a tragédia em que estava a trabalhar nessa altura, chamada *Titus Andronicus*, no *recycle bin*.

Shakespeare tentou aconselhar-se com alguns amigos, mas foi impossível. Primeiro ligou para Cervantes, cuja editora tinha acabado de se distanciar de um livro de sua autoria chamado *D. Quixote*. "Numa altura em que toda a sociedade está empenhada em promover a importância da leitura", dizia o comunicado, dando razão às objeções de vários utilizadores do Twitter, "não se admite que sejam os próprios escritores a sugerir que a leitura prejudica a saúde, como sucede nesta obra, em que a personagem 'D. Quixote' enlouquece por ter lido livros de cavalaria. Esta chancela não se identifica com essa ideia e lamenta ainda que um dos seus autores tenha colocado um louco a protagonizar um livro cômico. A doença mental não é uma brincadeira."

Depois, enviou um *e-mail* a Eça de Queirós, que também estava envolvido numa polêmica depois de um jornal *online* ter publicado um texto intitulado "Cinco coisas que Carlos da Maia fez com a irmã (você não vai acreditar na terceira)".

Shakespeare pensou então que talvez o seu amigo Nabokov tivesse tempo para ele. Infelizmente, Vladimir estava a reescrever a *Lolita*, na sequência da retirada da primeira edição das bancas, em resultado de uma enxurrada de reclamações de pais de meninas de 12 anos. Nesta segunda versão, chamada *Dona Lola*, Humbert Humbert desenvolve uma obsessão por uma mulher de 53 anos, da qual se torna padrasto, após casar com a sua mãe, de 80.

Sem saber o que fazer, Shakespeare resolve então refugiar-se no Algarve. No entanto, é barrado na fronteira. "Um inglês no Algarve?", pergunta o guarda alfandegário. "Trata-se de um estereótipo nocivo, que perpetua comportamentos e reforça atitudes. É melhor não."

# DURA LEXXX, SED LEXXX

A deliberação na qual a Entidade Reguladora para a Comunicação Social (ERC) recomenda que o canal Hot TV exiba mais cinema pornográfico de língua portuguesa foi injustamente escarnecida. Não digo que a deliberação não mereça zombaria. Merece, mas não pelos motivos pelos quais foi zombada. Pessoalmente, levo a sério o motivo pelo qual se zomba. Zombar pelos motivos errados pode tornar ilegítima uma zombaria muito digna. E, na verdade, do ponto de vista jurídico, a recomendação da ERC é impecável. O canal Hot TV tem violado ignobilmente a lei. E se há regras que me custa ver desrespeitadas são as regras do deboche. Na sociedade portuguesa haverá poucas coisas mais decentes e puras do que as regras do deboche. Nesse capítulo, a ERC esteve irrepreensível. A deliberação peca — e peca flagrantemente — no seguinte: a ERC consegue fazer com que a pornografia se torne aborrecida. A única vez que bocejei no meio de uma conversa sobre sexo foi por responsabilidade da ERC. Cito a enfadonha deliberação: canais como a Hot TV "devem dedicar pelo menos 50% das suas emissões, com exclusão do tempo consagrado à publicidade, televenda e teletexto, à difusão de programas originariamente em língua portuguesa". Como assim televenda? Como assim teletexto? Como assim, ó meu Deus, 50%? Que desagradável conúbio é este entre o chavascal e as percentagens? Que funcionário assistiu à programação da Hot TV e foi capaz de reter na memória um desfasamento percentual? Concedo que a programação do canal despreza a produção nacional e europeia, desprezo esse que a exibição da película *Lobas ibéricas*, com Brenda Starlix e Sheila Martinez nos principais papéis, não contribui para mitigar. Mas há um tipo de linguagem que não pode ser admitido numa conversa acerca deste assunto. E a ERC demonstra uma completa falta de sensibilidade quando diz que a Hot TV — e cito — "não pode ignorar o retrocesso verificado em 2013, pelo que sensibiliza o operador no sentido de incorporar obras audiovisuais na sua programação que se integrem nos parâmetros avaliados". Toda a gente sabe que não é possível manter uma conversa séria sobre libertinagem utilizando palavras como "parâmetros". A deliberação da ERC deveria ter sido redigida em termos que respeitassem a matéria analisada. Seria muito mais simples — e pedagógico — dizer: "Meus amigos, não há dúvida nenhuma de que o vosso canal transmite licenciosidade da boa. Mas o legislador deseja, e bem, assistir a mais devassidão nacional, pelo que ela tem de coboiada especificamente lusitana. Há decretos-lei segundo os quais os portugueses têm necessidade de escutar guinchadeira gritada no doce idioma de Camões. O nosso país já provou que é capaz de ombrear, em ordinarice, com o que de melhor se faz lá fora. Vejam lá isso e continuem com o bom trabalho". Era só isso.

# JAVARDICE GERACIONAL

Ocorrem-me muitas vezes os imortais versos de Camões: "Descalça vai para a fonte/ Lianor pela verdura;/ Vai fermosa, e não segura/ De maneiras que vou apalpar-lhe o pipi". A maior parte dos alunos tomou contato com outra versão do poema, mas eu li-o num volume que pertencia ao meu pai, que é da geração de José Mayer, e era assim que eles aprendiam. José Mayer é o ator brasileiro que, na semana passada, foi acusado de assediar sexualmente uma colega de trabalho: "Colocou a mão esquerda na minha genitália", denunciou a vítima. Depois de, num primeiro momento, negar as acusações, o ator acabou por emitir um comunicado pedindo desculpa. O texto é um primor de coerência, porque consegue ser quase tão ignóbil como o ato que lhe deu origem. Mayer começa dizendo: "Admito que minhas brincadeiras de cunho machista ultrapassaram os limites do respeito". É uma interessantíssima exibição de pequenez disfarçada de grandeza. Colocar a mão em genitálias alheias contra a vontade das suas proprietárias é um ato que não costuma ser caracterizado com a palavra "brincadeira". O Código Penal, por exemplo, prefere a designação "crime". Em vez de admitir um crime — que, como é próprio dos crimes, ultrapassou os limites da lei —, Mayer admite uma brincadeira que ultrapassou os limites do respeito. Ou seja, na prática admite que não admite o que devia estar a admitir. Receio que este tipo de arrependimento *light* funde uma nova tendência. Que seja uma questão de tempo até que um assassino lamente as suas brincadeiras de cunho violento, ou que um corrupto peça perdão pelas suas brincadeiras de cunho financeiro.

Numa reviravolta inesperada, Mayer revela ainda que também é vítima, acusando: "Sou, sim, fruto de uma geração que aprendeu, erradamente, que atitudes machistas, invasivas e abusivas podem ser disfarçadas de brincadeiras ou piadas". Há, nesta história, duas vítimas — e nenhum criminoso. A figurinista Susllem Tonani foi vítima de Mayer, e ele, coitado, foi vítima da sua geração. Foi essa geração bandida (que, aliás produziu outros visigodos apalpadores de vaginas à má fila, tais como os porcalhões Caetano Veloso, Chico Buarque ou Gilberto Gil) que incentivou Mayer a brincar às agressões sexuais. O realizador de *Acusados*, que é da mesma geração de Mayer, deve ter ficado confuso com o modo como o seu filme foi recebido: pôs Jodie Foster a protagonizar uma divertidíssima comédia e a academia de Hollywood premiou a atriz pela qualidade da sua interpretação dramática. Esquisito. O júri dos Óscares devia ser de outra geração e entendeu mal o filme.

# CUIDADO COM OS RAPAZES

Há um aspecto das eleições francesas que tem sido incompreensivelmente desprezado pelos analistas: Macron tem mais ou menos a minha idade. Depois de Justin Trudeau, é o segundo rapaz da minha geração a ascender ao poder. Este fato sugere-me duas reflexões diferentes. Primeira: eu já sou uma pessoa que se refere a outras como "rapazes da minha geração". A minha avó costumava usar a mesma formulação, no caso dela para designar rapazes de idade igual ou superior a oitenta anos. Segunda: isso significa que a minha geração vai começar a mandar no mundo. Temo o pior.

Não sei se estamos preparados. Está tudo contra nós. Somos a última geração a saber o que é viver sem internet, *smartphones*, redes sociais e apps. Aqueles que vieram depois de nós já não sabem o que isso é e têm dificuldade em imaginá-lo. Para eles, nós nascemos no século XIX. Talvez nunca uma geração tenha estado tão distante da seguinte, quanto à experiência de ser humano neste planeta. "No teu tempo já havia carros?", perguntam-me, por vezes, pessoas de gerações mais novas. Depois de mandar essas pessoas para o quarto de castigo, ponho-me a pensar no que aquela pergunta revela: a nova geração olha para a nossa como nós olhávamos para o marquês de Pombal — e os jovens, mesmo os que não são jesuítas, não consideram certamente agradável um governo do marquês de Pombal. Eles são pessoas do futuro que, por qualquer razão inexplicável, estão a viver no presente conosco. Agora que mandamos nós, temos de lidar com as gerações anteriores, que acham que nós não sabemos nada, e com as gerações seguintes, que também acham que nós não sabemos nada. Uma coisa é a geração anterior lamentar a nossa falta de experiência, outra coisa é acontecer o mesmo com a geração seguinte. Infelizmente, é possível que os jovens tenham razão: nós temos menos capacidade do que eles no que respeita a lidar com o mundo tal como ele é hoje. Tinha de me calhar a mim: quando finalmente atinjo a maturidade, o mundo muda radicalmente e faz-me criança outra vez. É preciso ter azar. E há mais. Tenho a suspeita muito forte de que, em breve, os cientistas descobrirão uma maneira de viver para sempre. Tudo indica que não faltará muito. E eu até desconfio que sei quando é que isso vai acontecer. Em princípio será exatamente um dia depois de eu ter morrido.

# PORTUGAL, RABEJADOR DA EUROPA

Quando eu nasci, Portugal estava na cauda da Europa. Veio o PREC,[1] e Portugal continuou na cauda da Europa. Depois chegou alguma estabilidade, e aí Portugal continuou na cauda da Europa. Entramos na Comunidade Econômica Europeia,[2] e permanecemos na cauda da Europa. Vieram os governos de Cavaco Silva, mais os milhões comunitários, e — então sim — Portugal continuou na cauda da Europa. Nisto, o PS voltou ao poder. E Portugal manteve-se na cauda da Europa. A seguir, o PSD regressou ao governo. E Portugal na cauda da Europa. Depois, mais governos do PS até hoje. E Portugal firme na cauda da Europa. Onde fica Portugal? Na cauda da Europa. Não se sabe que bicho é a Europa, mas lá que tem uma cauda é garantido. E não há dúvidas nenhumas de que Portugal está nela sozinho.

Nem sempre foi assim. No princípio, Portugal estava na cauda da Europa acompanhado. Nos anos 70, a Espanha estava

---

1 Processo Revolucionário em Curso, período entre o 25 de abril de 1974, data que marca o fim do regime salazarista, e a aprovação da nova Constituição Portuguesa, em abril de 1976. [N.E.]
2 A CEE, que Portugal passou a integrar em 1986, precedeu a atual União Europeia. [N.E.]

taco a taco conosco na cauda. Ora valia mais o escudo, ora valia mais a peseta. Primeiro, nós íamos ao El Corte Inglés fazer compras baratas. Entretanto, o El Corte Inglés veio para cá fazer vendas caras. De repente, os espanhóis engataram uma terceira e começaram a galgar pela Europa acima — e nós ficamos na cauda com a Grécia. Nisto, os gregos também amarinharam. Abriu-se a União Europeia a países que estavam igualmente na cauda, como a Irlanda, e todos foram abandonando a cauda, a caminho, suponho, do lombo da Europa.

Como se explica este fenômeno da nossa longa estada na cauda da Europa? Creio que só pode ser uma opção. E, sendo uma opção, tem de ser estratégica. É muito raro uma opção não ser estratégica. Já tivemos vários governos e regimes, e todos, sem exceção, optaram por nos manter na cauda. Deve haver um plano. Outros países, que não têm coragem de permanecer na cauda, foram avançando para a garupa. É lá com eles. Mais fica de cauda para nós.

A verdade é que alguém tem de ficar na cauda. E, no que diz respeito a caudas de continentes, a estar nalguma, que seja na da Europa. Temos a experiência, o talento e, pelos vistos, a vocação para estar na cauda. Seria uma pena desperdiçar décadas e décadas de prática. Será sensato que um país com o tamanho do nosso se aventure para fora da cauda da Europa? É importante não esquecer que é com a cauda que se enxotam as moscas. E que a cauda consegue enxotar tudo, menos o que está na cauda. Os pessimistas dirão: temos o último lugar garantido. Os otimistas hão de notar que, ao menos, é um lugar. Que está garantido. Já não é nada mau.

# EU, O *CENTERFOLD*

Veja o leitor o que pode acontecer a um cidadão incauto. A revista *Playboy* manifestou o desejo de me entrevistar. Como todas as pessoas que não têm nada para dizer, gosto muito de ser entrevistado. Por isso, aceitei. E devo ter dado uma entrevista de tal forma sensual que a *Playboy* resolveu colocar a fotografia do meu rosto apolíneo na capa. Sim, sim: na capa. No sítio em que costuma estar uma senhora nua, estou eu sozinho. Como sempre costuma acontecer, assim que eu entro as senhoras nuas desaparecem. Sou, portanto, a capa da revista *Playboy* deste mês. Quando me fui deitar, era um pacato pai de família; quando acordei, era a Miss Dezembro. Uma coisa é eu ser um humorista; outra é a minha vida ser ridícula. Deus sabe quanto me esforcei por separar as águas, mas tem sido quase sempre em vão.

Ignoro quantos leitores perdeu a *Playboy* com esta capa, mas posso garantir que perdeu um: eu não compro aquilo, de certeza. Por um lado, é óbvio que as fotografias foram submetidas ao tratamento do Photoshop e outras ferramentas de correção de imagem: o meu nariz tem bastante mais celulite do que parece ali. Por outro, impressiona-me que este seja, até agora, o maior sinal de que o momento que vivemos é mesmo grave. A *Playboy*, especialista na divulgação de mulheres nuas, publica, este mês, um homem (se isto é um homem) vestido. É bem verdade que a crise não é apenas financeira — é também uma crise de valores. Esta interrupção súbita e sem aviso da exploração do corpo feminino é, evidentemente, imoral. Eu sempre gostei de explorações. E gosto mais ainda do corpo feminino, um gosto que é exacerbado pelo pouco contato que tenho com ele. Ver-me agora envolvido na suspensão das atividades exploratórias é uma mancha de que a minha biografia não precisava.

A *Playboy* justifica o despautério com o fato de me ter elegido homem do ano, uma ofensa que 2009, por muito mau que tenha sido, não merecia. Significa isto que, no espaço de um mês, fui distinguido pela ILGA[1] e pela *Playboy*. O mundo homossexual e o mundo heterossexual deram as mãos e convergiram na necessidade urgente de me agraciar. Que se passa com o mundo? Homossexuais e heterossexuais têm tido, desde sempre, discordâncias, conflitos, tensões. Quando finalmente concordam, dá nisto. É bom que os apreciadores da paz e da concórdia façam uma reflexão profunda sobre as ideias que defendem. O que em teoria é bonito na prática pode ser grotesco.

Resta a curiosidade de saber como vai este número da *Playboy* trilhar o seu caminho. Que mecânicos irão buscar o martelo e os pregos para pendurarem a minha entrevista na parede das suas oficinas? Que adolescentes se entusiasmarão, no recato dos seus quartos, com as minhas opiniões sobre o sentido da vida? E, a mim, sobra-me o consolo amargo de, finalmente, poder dizer que já tive intimidades com uma capa da *Playboy*.

---

1    Intervenção Lésbica, Gay, Bissexual, Trans e Intersexo, associação que luta pela igualdade e contra a discriminação de pessoas LGBTI+ e suas famílias. A seção portuguesa concedeu a RAP em 2009 com o seu Prêmio Arco-Íris. [N.E.]

# PAZ E AMOR PARA TODOS
## MENOS PARA MIM

Natal é tempo de paz, tempo de amor, tempo de lamentar a existência de pessoas como eu. Não admira que seja uma época que toda a gente aprecia. No dia que assinala o nascimento do Salvador, o cardeal-patriarca de Lisboa não resistiu a lembrar que há quem não tenha salvação possível. Acaba por ser uma observação animadora. Se alguma coisa pode transtornar quem mereceu um lugar no paraíso é o fato de haver fila para entrar. Pois bem, eu serei menos um a obstruir os portões do céu: na homilia da missa de 25 de dezembro, d. José Policarpo saudou os judeus e todos os que acreditam num Deus único — mas, ostensivamente, não me saudou a mim, que sou ateu. Os judeus acreditam tanto como eu que o menino cujo aniversário se celebrava é o filho de Deus.

No entanto, receberam uma saudação. Para mim, nem um caridoso aceno de cabeça.

O ateísmo tem sido, para mim e para tantos outros incréus, a luz que me tem conduzido na vida. Às vezes fraquejo, em momentos de obscuridade e de dúvida, mas, mesmo sendo incapaz de provar a inexistência de Deus, tenho conseguido manter a fé — uma fé íntima fundada numa peregrinação que tem a grandeza e a humildade da longa caminhada da vida — em que Ele não exista. Todos os dias busco a não existência do Senhor com renovada crença, ciente de que a Sua inexistência é misteriosa demais para que eu a tenha inventado.

É certo que o mesmo d. José Policarpo já havia dito que o ateísmo era o maior drama da humanidade — acima da fome, da guerra e do próprio *time-sharing*. Fê-lo, porém, em data menos misericordiosa. Sonegar saudações no Natal é particularmente cruel.

O anátema mais duro é o que é lançado no tempo do perdão. Estou habituado a receber anátemas e garanto aos menos experientes que os anátemas natalícios são os que aleijam mais. Em todo o caso, no fundo eu sei bem que não sou digno de receber saudações. Acreditar que Deus existe é uma convicção profunda, mas acreditar que não existe, curiosamente, não o é. Alguém, munido de um aparelho próprio, mediu a profundidade das convicções e deliberou que as do crente são mais fundas que as do ateu. Quando alguém diz acreditar em Deus, está a exprimir legitimamente a sua fé; quando um ateu ousa afirmar que não acredita, está a agredir as convicções dos crentes. Ser crente é merecedor de respeito, ser ateu é um crime contra a humanidade. Ainda assim, esperava ter sido saudado. Eu não acredito em Cristo, mas sempre acreditei nos cristãos. É a primeira vez que vejo um deles recusar ao menos uma saudação a um pecador.

# MOVIMENTO "UMA *PLAYMATE* EM CADA TURMA"

Na qualidade de antigo aluno, a notícia da professora de Mirandela que posou nua na *Playboy* deixa-me indignado: no meu tempo não havia professoras destas. Na qualidade de cidadão que já foi capa da *Playboy*, o fato de a professora ter sido suspensa faz com que me sinta solidário: nós, as coelhinhas, devemos unir-nos. Devo dizer, aliás, sem querer ser corporativista, que, se eu mandasse, todas as professoras posariam nuas na *Playboy*. O Ministério da Educação continua entretido com programas e avaliações e ignora aquilo de que o nosso sistema educativo precisa: professoras nuas. Primeiro, por uma questão de disciplina. Nenhum aluno arrisca a expulsão da sala onde leciona a Miss Fevereiro. Segundo, por razões de concentração no estudo. Qualquer jovem aluno já deu por si a imaginar a professora sem roupa. Eu não fujo à regra, e aproveito a oportunidade para pedir desculpa à Irmã Genoveva. Mas os alunos de professoras que posam na *Playboy* não perdem tempo com distrações dessas: não precisam. Se querem ver a professora despida, abrem a revista na página 49. Na sala de aula, concentram-se para compreender a matéria.

Terceiro, para conseguir o desejado envolvimento da comunidade no processo educativo. Os encarregados de educação mais desinteressados passam a frequentar todas as reuniões de fim de período: os pais desejam ver a professora; as mães desejam verificar se os pais não se entusiasmam demasiado com a visão da professora. Padrinhos que não veem o afilhado desde a pia batismal virão de longe para se inteirarem do aproveitamento escolar da criança.

Infelizmente, a vereadora da Educação da Câmara de Mirandela pensa de outro modo. A exibição pública e voluntária do corpo nu está interdita às docentes. Não se sabe a que outras profissões se alarga esta inibição. Encanadoras podem posar despidas sem desprestigiar o nobre ofício de vedar uma torneira? Empregadas de escritório podem deixar-se fotografar nuas sem melindrar os carimbos? Ninguém sabe ao certo, mas parece urgente definir com rigor que outras profissionais estão deontologicamente impedidas de fazerem com o seu corpo o que quiserem.

Mais do que a suspensão, deve colocar-se em causa a recolocação da professora. O receio de alarme social levou a Câmara a retirar a docente do contato com os alunos e a enviá-la para o arquivo municipal. Ora, o contato com bibliotecários de óculos grossos que não veem uma pessoa do sexo feminino nua desde 1977 não será mais perigoso e socialmente alarmante do que o convívio com jovens? Fica a pergunta, para reflexão das autoridades fiscalizadoras da nudez.

# FRAGMENTOS DE UM DISCURSO
# QUE ERA REALMENTE AMOROSO

O s leitores que acompanham as reuniões do Conselho de Segurança da ONU (os que não acompanham estão a perder o que a vida tem de melhor, e vão acabar por chorar esse desperdício, no leito de morte) assistiram, esta semana, a um momento de grande prestígio para o nosso país. É certo que só durou três minutos e deveu-se a um engano bastante caricato, mas prestígio é prestígio. O ministro dos Negócios Estrangeiros indiano dirigiu-se à câmara, exprimindo o seu mais profundo regozijo por haver atualmente dois membros da comunidade lusófona naquele órgão. A lusofonia foi celebrada por um dirigente indiano com um entusiasmo que os dirigentes lusófonos não costumam exibir. A sala comoveu-se. Ao menos a parte da sala que não estava a dormir. Aquele apreço pelo português indicava a importância do nosso idioma, indicava a pujança da língua de Camões, e indicava também que tinha ocorrido um lamentável engano: o ministro dos Negócios Estrangeiros português, Luís Amado, tinha deixado o seu discurso em cima da mesa e o ministro indiano — que, como é evidente, não tinha ouvido o discurso do ministro português nem tinha escrito o seu — começou a lê-lo até que, três minutos depois, um dos seus assessores deu pelo erro e fez com que ele passasse a ler o discurso certo. Que, surpreendentemente, não fazia qualquer referência à comunidade lusófona, antes começando com uma citação de Gandhi. E foi assim que, pela primeira vez na história, alguém, numa intervenção pública, citou primeiro Luís Amado e depois o Mahatma.

O episódio, apesar de burlesco, consegue, ainda assim, ser edificante. Há anos que os nossos responsáveis políticos tentam descobrir, sem sucesso assinalável, o melhor modo de promover a lusofonia. A solução, afinal, era fácil: basta ser desarrumado. Espalhar uns discursos numa sala cheia de altos-dignitários estrangeiros e esperar que um deles comece a lê-los por engano.

Por outro lado, trata-se de uma ocorrência que talvez explique alguns aspectos da nossa crise. Se um dirigente indiano pode ler discursos portugueses por engano, é possível que um dirigente português ande a ler discursos indianos sem se aperceber. Certas notícias recentes sugerem que o primeiro-ministro José Sócrates terá implementado, inadvertidamente, medidas indianas no nosso país. Ainda na semana passada se soube que, em 2010, os bancos tinham pago menos 55% de impostos do que em 2009, ano em que, no primeiro semestre, já tinham pago menos 30% de impostos do que no mesmo período de 2008. Esta situação de privilégio demonstra claramente que alguém introduziu por engano o sistema de castas na política portuguesa. Creio que é urgente acabar com este intercâmbio de discursos entre Portugal e a Índia. Por muito que isso prejudique a lusofonia.

# É PRECISO NÃO CONFUNDIR
# LIBERALISMO COM LIBERTINAGEM

Quando se fala de liberdade, há sempre um patusco que se sente incumbido da missão de prevenir os outros para um perigo que só ele não ignora: "É preciso não confundir liberdade com libertinagem". Pessoalmente, nunca fiz essa confusão. A liberdade é um conceito admirável e puro, e a libertinagem ainda é melhor. A minha lápide dirá: "Nasci para te conhecer, para te nomear: libertinagem". Ou então: "Espero que isto seja provisório". Ainda não decidi. Mas, quando se fala de economia, nenhum moralista nos avisa que é bom não confundir liberalismo com libertinagem. De fato, são duas ideias difíceis de distinguir, uma vez que, aparentemente, não há liberalismo sem libertinagem econômica. O liberalismo implica a existência de pouca-vergonha financeira. Ora, ninguém gosta mais de pouca-vergonha do que eu, mas a pouca-vergonha financeira não me entusiasma como a outra.

Talvez seja porque não percebo nada de economia. A economia, para mim, são os novos signos. Suportei anos de conversas sobre charlatanice zodiacal sem nunca saber do que se estava a falar. Os capricórnios são estáveis, os escorpiões são traiçoeiros etc. Com a economia, sucede agora o mesmo. Toda a gente percebe de economia menos eu. Os *eurobonds* são estáveis, os mercados são traiçoeiros etc.

É possível que esteja a ser injusto. Talvez haja menos char-latães da astrologia. Para um charlatão astrológico, os escor-piões são sempre traiçoeiros. Para um charlatão econômico, os mercados podem ser traiçoeiros agora quando eram sérios há um ano. Em princípio, é por isso que não há debates entre astrólogos: eles acham todos o mesmo. Já os economistas, uns dizem uma coisa e outros dizem o contrário. E alguns dizem uma coisa e o contrário, como Cavaco Silva.

Numa célebre sexta-feira, a agência de notação financeira (peço ao leitor que faça como eu e finja que sabe exatamente o que é uma agência de notação financeira) Moody's atribuiu a classificação mais alta possível ao banco Lehman Brothers. Nesse fim de semana, o banco faliu. Mesmo assim, Cavaco Silva continuou a apreciar o trabalho das agências de notação. Quando, na semana passada, a Moody's disse que Portugal era lixo, Cavaco deixou de ser fã. Admitamos que ambas as avalia-ções da Moody's estão erradas. Qual delas estará mais longe da realidade: a que atribuiu nota máxima a um banco que faliu no dia seguinte ou a que coloca Portugal no lixo? Estou indeciso.

Portugal aplicou as medidas de austeridade da *troika* e ainda acrescentou algumas da sua própria autoria, para tornar a aus-teridade um bocadinho mais austera. Os mercados não só não se acalmaram como ficaram mais nervosos. Parece que os mer-cados não gostam de austeridade. Não apreciam as medidas que se tomam em seu nome. O liberalismo adora os mercados, mas é um amor não correspondido: os mercados não gostam do liberalismo. Mas gostam muito de libertinagem.

# ESPERANÇA GRAMATICAL

E quando o leitor pensava que já tinha ouvido tudo acerca da crise, de repente fica a saber que, gramaticalmente, é muito difícil que Portugal vá à falência. E, enquanto for gramaticalmente impossível, eu acredito. Justifico esta ideia com a seguinte teoria fascinante: normalmente, considera-se que o verbo falir é defectivo. Significa isto que lhe faltam algumas pessoas, designadamente a primeira, a segunda e a terceira do singular, e a terceira do plural do presente do indicativo, e todas as do presente do conjuntivo. Não se diz "eu falo", "tu fales", nem "ele fale". Não se diz "eles falem". Todos os modos e tempos verbais do verbo falir se admitem, com exceção de quatro pessoas do presente do indicativo e todo o presente do conjuntivo. Em que medida é que isto são boas notícias? O fato de o verbo falir ser defectivo faz com que, no presente, nenhum português possa falir. Não é possível falir, presentemente, em Portugal. "Eu falo" é uma declaração ilegítima. Podemos aventar a hipótese de vir a falir, porque "eu falirei" é uma forma aceitável do verbo falir. E quem já tiver falido não tem salvação, porque também é perfeitamente legítimo afirmar: "eu fali". Mas ninguém pode dizer que, neste momento, "fale".

Acaba por ser justo que o verbo falir registre estas falências na conjugação. Justo e útil, sobretudo em tempos de crise. Basta que os portugueses vivam no presente — que, além do mais, é dos melhores tempos para se viver — para que não "falam" (outra conjugação impossível). Não deixa de ser misterioso que a língua portuguesa permita que, no passado, se possa ter falido, e até que se possa vir a falir, no futuro, ao mesmo tempo que inviabiliza que se "fala", no presente. Se eu nunca "falo", como posso ter falido? Se ninguém "fale", por que antever que alguém falirá? Talvez a explicação esteja nos negócios de *import/export*. Nas outras línguas, é possível falir no presente, pelo que os portugueses que têm negócios com estrangeiros podem ver-se na iminência de falir. Mas basta que os portugueses não falem (do verbo falar, não do verbo falir) acerca de negócios com estrangeiros para que não "falam" (do verbo falir, não do verbo falar). Eu tenho esse cuidado, e por isso não falo (do verbo falir e do verbo falar).

Bem sei que o professor Rodrigo Sá Nogueira, assim como outros linguistas, se opõe a que o verbo falir seja considerado defectivo. Mas essa é uma posição que tem de se considerar antipatriótica. É altura de a gramática se submeter à economia. Todo o resto já se submeteu.

# A SEXUAL PRAIA CASTELHANA

A modelo Daniella Cicarelli foi filmada enquanto levava a cabo todo um vasto leque de atividades sexuais e parassexuais (verificou-se a introdução de elementos pertencentes ao reino vegetal no calção de banho do namorado) numa praia na Espanha. Não há dúvida de que os espanhóis nos levam avanço em tudo, até no incentivo ao turismo. As nossas praias não são más, mas hoje em dia não basta ter areia fina e água transparente. É preciso oferecer algo mais ao turista, e a verdade é que as modelos brasileiras não vêm fazer safadezas em nosso mar, e Bernardo Trindade, o secretário de Estado do Turismo, não parece minimamente preocupado com isso. O costume.

Mas o caso de Daniella Cicarelli não envergonha apenas o governo português. A biologia marinha, enquanto ciência, também sai beliscada desse episódio. Com todo o respeito pelo Jacques Cousteau, a vida dos salmões é interessante, sim senhor, a desova rio acima, ai que bonito, mas um homem que andou anos e anos a estudar a vida subaquática e nunca dedicou cinco minutos de programa a examinar o modo como as modelos brasileiras acasalam junto à costa está a fazer pouco dos espectadores.

Neste ponto, uma parte dos leitores está a pensar: "Este tipo, na verdade, não tem nada para dizer. Foi buscar um tema de reduzidíssimo interesse (como é óbvio, esta parte dos leitores não assistiu ao vídeo) e meteu o governo e a biologia marinha ao barulho para dar a entender que o assunto é importante." Esta parte dos leitores está completamente errada, e eu não lhe admito esse tipo de raciocínios. Este episódio é emblemático de um certo mal-estar social. Qual? Ainda não sei. É o que vou tentar inventar agora.

Ah, já me ocorreu qualquer coisa. Desde que as imagens foram publicadas, Daniella Cicarelli perdeu inúmeros contratos, publicitários e outros. Ora, há uns tempos, a modelo Kate Moss, uma britânica parecida com aquele esqueleto do filme do Tim Burton, mas mais magra, foi fotografada a cheirar cocaína. Após um primeiro choque, a carreira da modelo, que caminhava para a desgraça, disparou. Foi como se a carreira, ela própria, tivesse dado um cheirinho no pó, tal a quantidade de marcas que manifestaram interesse em contratar a Kate. E andam os nossos pais a dizer-nos que a droga conduz à ruína. Enfim, é como tudo o resto: a toxicodependência, quando é bem praticada, pode ser muito compensadora.

Isso significa que, no mundo em que vivemos, o sexo é pior do que a droga. Pessoas que já experimentaram os dois garantem-me que é ela por ela, talvez com vantagem para o sexo, se for feito de determinada maneira. No entanto, ao que parece, a sociedade prefere uma, digamos, drogada a uma, digamos, galdéria. Uma escolha que me parece de todo descabida, a menos que a sociedade esteja a tentar estacionar o carro, situação em que a drogada pode, de fato, ser mais útil. Mas é mesmo a única situação.

# SEIOS GRANDES AQUI!!!

A minha seção favorita dos jornais é a dos classificados, especialmente o capítulo das mensagens eróticas. É a mais interessante, a mais informativa e a mais fiável. Ao contrário do que sucede com as outras seções do jornal, não me lembro de alguma vez ter visto uma única dessas informações a ser desmentida. Nunca, em toda a história dos anúncios de massagens, li um desmentido do gênero: "O *Público* errou. Afinal, ao contrário do que foi afirmado na edição anterior, Ivette, a gatinha brasileira, sensual, muito safada e corpo gostoso, não tem um busto 44, mas sim 42. E também não é muito safada, mas apenas moderadamente safada. As nossas desculpas."

Basicamente, há dois tipos de anúncios: os que têm muitas reticências e os que têm muitos pontos de exclamação. Ao que parece, este tipo de profissional só conhece duas disposições: a do sussurro maroto, cheio de subentendidos (exemplo: "Mulata... Quentinha... Desinibida... Ligue e veja por si...") e a da excitação gritada (exemplo: "Mulata!!! Quentinha!!! Desinibida!!! Ligue e veja por si!!!").

Percorrendo os anúncios, verificamos que, no meio das ofertas do costume, há promessas que parecem claramente difíceis de cumprir. Como, por exemplo, o anúncio que garante "senhoras sofisticadas" em Fernão Ferro. Fernão Ferro não é, porém, a única localidade periférica que conta com muita e boa oferta desse tipo de profissionais. É com incontida surpresa que vos comunico que, em Figueiró dos Vinhos, há duas jovens muito talentosas, a julgar pela propaganda. Em Castelo Branco, há uma senhora que, além de "lindíssima...", "escultural..." e "meiguinha...", reclama ser "absoluta" — o que parece ser interessante, quer do ponto de vista erótico, quer do ponto de vista filosófico. Uma outra senhora, que desenvolve atividade nos arredores de Ourém, divulga que "proporciona prazer". Sem desprimor para com Ourém — que é, de certeza, uma cidade respeitável —, creio que os seus arredores não merecem uma profissional de tamanho gabarito. Esta senhora, que, em lugar de simplesmente *dar* prazer, o *proporciona*, tem categoria mais do que suficiente para trabalhar numa grande metrópole.

Nos anúncios, há duas partes do corpo que merecem descrição e qualificativos especiais: os seios e as nádegas. Os primeiros podem ser (e, normalmente, são mesmo), "grandes!!!", "muito grandes!!!", "enormes!!!", "fartos...", "tesinhos..." ou "firmes...", embora não em simultâneo. São raros os seios "enormes e tesinhos!!!" ou "muito grandes e firmes...". Os anunciantes sabem evitar a publicidade enganosa, atitude de uma honestidade que se louva. As segundas, quase sempre designadas através de terminologia de sabor brasileiro, vão desde o "bumbum escaldante...", como o da Elsa, em Leiria, até ao "bumbum espetacular...", de uma outra leiriense, passando pelo "bumbunzinho fogoso!!!", de uma profissional de Torres Vedras, pelo "bumbum maroto!!!" da Carina, da avenida de Roma, ou pelo "bumbum empinadinho..." de uma senhora que assina, com alguma imodéstia, "a gostosa do Saldanha".

Acreditem: esses anúncios são tão bons e tão honestos, que não foram feitos, de certeza absoluta, por publicitários.

# VAMOS FALAR UM BOCADINHO
## SOBRE A VAGINA?

Segundo uma interessante reportagem do *Diário de Notícias*, há muitas mulheres que recorrem à cirurgia plástica genital com o objetivo de "recuperar a virgindade". Confesso que não percebo essa obsessão com a virgindade. Eu lembro-me bem do que é ser virgem. Não apreciei. E, para mim, o significado da virgindade era muito claro. A minha virgindade não queria dizer honra, pureza, inocência. A minha virgindade queria dizer: "Cá estamos, não é? Ninguém me pega, pá." Felizmente, um dia este calvário terminou. Já lá vão mais de duas semanas.

Por isso, a virgindade forçada sempre foi uma ideia desagradável. As pessoas que apregoavam a sua virgindade eram, para mim, particularmente incompreensíveis. Não conheço outra situação em que alguém se gabe de não fazer uma coisa que lhe dê prazer. Não me lembro de ouvir alguém exclamar, todo contente: "Eu nunca ouvi música na vida. Tenho os ouvidos tão puros que até chateia." Ou: "Eu nunca comi chocolates e, se tudo correr bem, não comerei enquanto não conhecer a caixa de bombons certa."

E agora venho a saber que há gente que, não sendo virgem, deseja voltar a ser, reconstruindo o hímen. Devo dizer que possuo um módico de conhecimentos acerca da vagina, mas estritamente na ótica do utilizador. (Peço muita desculpa pelo teor da frase antecedente. Não há desculpa para esta tentativa de, por um lado, reificar a vagina — que tantas alegrias me tem dado — e, por outro, de reduzir a sexualidade a uma atividade desprovida de afeto. A sexualidade é muito mais do que isso, embora também seja bastante divertida quando encarada desta forma. Quanto à vagina, é merecedora do meu mais profundo respeito, tanto que sou um admirador do trabalho que tem vindo a desenvolver, quer como órgão sexual, quer como parte do sistema urinário. Mas a verdade é que, volta e meia, uma brejeirice canalha pode ser muito libertadora. O mau gosto anda muito subvalorizado na nossa triste sociedade. E, além disso, este é um dos maiores parênteses da história da imprensa em Portugal). Sou, como estava a dizer, um leigo na matéria, mas não me parece que este procedimento seja saudável. Tenho muito apreço pelo saber de experiência feito. Fujo das mulheres virgens como o diabo da cruz. Sou contra a prática de relações sexuais com mulheres inexperientes. Alguém naquela cama tem de saber o que está a fazer. E não sou eu, de certeza.

# PORTUGAL APANHA O SIMPLEX

O governo de Sócrates lançou um pacote de 333 medidas para acabar com a burocracia. Dizem que o primeiro passo vai ser tentar reduzir esse pacote a quatro medidas. A sério: parece-me urgente desburocratizar o processo de desburocratização. É um pouco estranho que, para acabar com a papelada, se encham resmas e resmas com 333 medidas. Não bastava uma medida? José Sócrates fazia aprovar uma lei que dizia, simplesmente:

Artigo 1º: Eh pá, acabem lá com a burocracia.

Artigo 2º: Ai de quem não acabar com a burocracia.

Artigo 3º: A sério, ficarei mesmo muito aborrecido se vir que se continua a teimar em coisas burocráticas. Sobretudo depois do que eu disse no artigo 1º.

E pronto. Estava feito.

Já um pacote com 333 medidas parece-me francamente exagerado. Imagino-me a chegar a uma repartição de finanças e a ouvir um dos funcionários dizer: "Para facilitar e tornar mais rápido o seu processo, vou aplicar 279 das 333 medidas contra a burocracia. Dê-me só duas horas e meia porque ainda são bastantes medidas." Outra asneira: esse pacote de medidas chama-se "Simplex". Gostava de conhecer o gênio do *marketing* que teve essa ideia. Como é que querem convencer o povo português da bondade do plano se lhe dão o nome de uma variante do herpes? "Simplex"?

Acham mesmo boa ideia pôr nomes de doenças sexualmente transmissíveis à legislação? O que se segue? O projeto de lei de bases do desporto "Gonorreia"? A lei de combate ao crime "Sífilis"? Pode ser interessante, na medida em que haverá diálogos destes em esquadras um pouco por todo o país:

Polícia 1: Parece-me que é agora que vamos apanhar os bandidos. Eles não vão conseguir escapar à "Sífilis".

Polícia 2: Sim, sim. A "Sífilis" vai deixar os bandidos malucos.

Polícia 1: Exato. A "Sífilis" vai dar-lhes sarna para se coçarem.

Polícia 2: Pois. A "Sífilis" vai atacar-lhes os órgãos genitais.

E por aí fora, sobretudo se os polícias conhecerem a técnica humorística segundo a qual se explora o duplo sentido de uma mesma expressão. Neste caso, a doença sífilis e a lei de combate ao crime "Sífilis". Ou seja, a frase "A "Sífilis" vai atacar-lhes os órgãos genitais" não funciona do ponto de vista humorístico, uma vez que só se aplica à doença, não à lei. Em resumo, o Polícia 2 começou muito bem (a frase "A "Sífilis" vai deixar os bandidos malucos" contém uma sutil referência a um dos efeitos da doença — a loucura — e também a uma provável consequência da lei — deixar os bandidos doidos de raiva), mas depois descambou na estupidez. Enfim, é no que dá pôr amadores a fazer piadas. Também devia haver uma lei contra isto. E quem diz uma, diz 333.

# POR QUE SER ESPANHOL
# QUANDO SE PODE SER CHINÊS

Segundo uma sondagem recente, cerca de um terço dos portugueses gostaria de ser espanhol. Não há dúvida de que somos um povo de gostos esquisitos. É muito improvável que haja mais alguém, em todo o mundo, que queira ser espanhol. Talvez seja bom lembrar, aliás, que, em bom rigor, nem os espanhóis querem ser espanhóis: os galegos não querem ser espanhóis, os bascos não querem ser espanhóis, os catalães não querem ser espanhóis. Esse desejo de ser espanhol, que segundo parece é partilhado por quase 3 milhões de portugueses, acaba por constituir, portanto, um insulto para os espanhóis. E é com incidentes diplomáticos destes que as guerras começam. Creio que, se for caso disso, a Espanha não hesitará em recorrer à força das armas para nos obrigar a manter a nossa independência.

E, no entanto, essa minoria (não tão pequena assim, contudo) de bravos portugueses resiste e promete lutar pela submissão incondicional a Castela. O mais impressionante não é que um português queira mudar de nacionalidade. O que faz espécie é que queira passar a ser espanhol. A história da Espanha tem momentos absolutamente vergonhosos, como por exemplo as derrotas em batalhas que travou conosco. Para perder com o nosso exército, é preciso não ter mesmo jeito nenhum para andar à bulha. Uma das vezes perderam com uma padeira, que diabo.

Não quero dizer com isto que é desprestigiante perder à pancada com uma padeira. Uma vez levei uns tabefes da dona Micas por causa do preço de um pão de Mafra e aquilo ainda aleija. Mas um exército é outra coisa. Espera-se que um exército não sucumba a uma padeira. Deve aguentar-se, pelo menos, com três padeiras e oito ou nove pasteleiros, se eles não estiverem armados com a seringa dos bolos.

Confesso que, se houver um consenso alargado para mudarmos de nacionalidade, a minha escolha está feita: eu quero ser chinês. Parece-me o mais apropriado e conveniente. As infraestruturas já estão todas feitas, sobretudo no domínio dos restaurantes (certos estudos demonstram que já existem mais restaurantes chineses em Portugal do que na China) e, se o objetivo é melhorar a nossa situação financeira, o ideal é unir esforços com uma dessas potências asiáticas emergentes, pois só elas têm capacidade para fabricar engenhocas de plástico a pilhas que andam à roda e fazem barulho apenas por um euro e meio. Parece óbvio que o futuro de Portugal é passar a ser China. Macau foi um primeiro passo. Só falta o continente e as ilhas.

# UM DEUS BONDOSO

A notícia do internamento hospitalar do Eusébio foi das maiores surpresas da minha vida. A doença não é coisa que normalmente associemos à divindade, daí que a arteriosclerose do Pantera Negra me tenha apanhado desprevenido. Se até o Eusébio adoece, que esperança resta a mortais como nós?

Como tudo o que é inesperado, a doença do Eusébio fez-me pensar, e o leitor sabe bem como os fatos que me fazem pensar merecem celebração, quanto mais não seja pelo respeito que é devido aos acontecimentos raros. Em Portugal, temos o hábito de esperar que as pessoas morram para as homenagearmos, altura em que a homenagem, parecendo que não, é apreciada com menor entusiasmo. No caso das pessoas que vivem para sempre, como o Eusébio, as homenagens correm o risco de ficar adiadas indefinidamente. Por isso, enquanto é tempo, presto a minha homenagem a Eusébio da Silva Ferreira, antes que seja tarde e eu morra sem conseguir fazê-lo. Se o que digo enquanto vivo faz pouco sentido, calculem como serei incongruente depois de defunto.

A minha admiração pelo Eusébio nasceu num momento particular. Eram os últimos minutos da final da Taça dos Campeões de 1968, e o jogo estava empatado entre o Manchester United e o Benfica. Mesmo no fim, Eusébio aparece à entrada da área dos ingleses com um adversário de cada lado. Naquele tempo, as regras do futebol eram quase iguais às de hoje: injustas. Os times eram obrigados a jogar com apenas onze jogadores de cada vez, mesmo que do outro lado estivesse o Eusébio. A desproporção de forças era gritante. Era óbvio para todos que, só com três adversários pela frente (contando com o goleiro), Eusébio ia marcar.

O Pantera Negra não desiludiu ninguém: deixou os defesas para trás como sempre e depois fez o gesto de sempre e chutou com a força de sempre. Estava lá dentro, e o Benfica seria campeão da Europa pela terceira vez. Era impossível que o guarda-redes apanhasse aquela bola. E, no entanto, apanhou-a.

Quando percebe que o guarda-redes lhe tira a oportunidade de fazer o gol decisivo nos últimos minutos da final da Taça dos Campeões Europeus, qual é a reação de um jogador? Grita? Pragueja? Chora? Insulta o adversário? Insulta a bola? Insulta-se a si mesmo? Provavelmente, faz tudo isso e ainda arranca cabelos. O que fez Eusébio? Foi ter com o guarda-redes e cumprimentou-o. E depois aplaudiu a defesa. O Eusébio era aquilo tudo que toda a gente admira: os gols do meio campo, as arrancadas a deixarem todos para trás, a força sobre-humana, a velocidade incrível. Mas era também aquele cumprimento e aquele aplauso a um simples humano que se tinha transcendido a ponto de o conseguir parar. De entre todos os deuses que a humanidade inventou, desde o início dos tempos, não sei se haverá muitos que reúnam tantas qualidades como o Eusébio.

Tantas palavras para deixar aqui escrita a minha opinião sobre ele quando ela se reduz a duas linhas: Eusébio é outra maneira de dizer alegria. Eusébio é outra maneira de dizer Benfica. São dois favores que eu agradeço. Obrigado, King.

# URANO, NETUNO, PLUTÃO E ZÉ CARLOS

A companho com muito interesse o trabalho dos cientistas. As descobertas científicas de hoje são fundamentais, porque são elas que vão ser desmentidas pelos cientistas de amanhã. As descobertas científicas são como as manchetes do *Expresso*: mais cedo ou mais tarde, sabemos que vão ser desmentidas. Mas o fascínio que tenho pela ciência não me impede de criticar projetos científicos que me parecem menos interessantes. Por exemplo, a clonagem. Durante uns tempos, os cientistas celebraram com estardalhaço uma nova capacidade: conseguiam pegar numa ovelha e fazer outra ovelha. Não fiquei particularmente impressionado. Era da minha vista ou os carneiros já faziam exatamente a mesma coisa há séculos? Também eles pegavam numa ovelha e — lá com os métodos deles — faziam outra ovelha. Ou seja, os cientistas andavam a tirar cursos superiores complicadíssimos para conseguirem fazer o mesmo que carneiros que nem sequer tinham a quarta classe (conheço meia dúzia de carneiros, e a maior parte deles não tem, de fato, a instrução primária concluída).

Outro campo que não me convence: a astronomia. Neste momento, creio que sei meia dúzia de coisas sobre astronomia das quais Copérnico não fazia a mínima ideia. Reparem: Copérnico desconhecia por completo o décimo planeta do sistema solar, cuja descoberta foi confirmada na semana passada.

Já eu, estou completamente a par do assunto. Ainda assim, astrônomos de todo o mundo teimam em considerar Copérnico um grande sábio e em considerar-me a mim um palerma. Enfim, já se percebeu que isto, no mundo científico, funciona tudo na base do pistolão.

Apesar de tudo, continuo disposto a colaborar com a ciência naquilo que me for possível. E sinto que é meu dever participar na resolução do problema que agora se coloca: que nome dar ao novo planeta? Normalmente, os planetas são batizados com nomes da mitologia romana, mas não me parece que o astro agora descoberto mereça essa honra. Não respeito um planeta que andou séculos a fugir aos telescópios dos mais prestigiados astrônomos. Por isso, proponho que o novo planeta não tenha um nome pomposo de deus romano, mas sim um nome corriqueiro como, por exemplo, Zé Carlos. O sistema solar passaria então a ser constituído por: Mercúrio, Vênus, Terra, Marte, Júpiter, Saturno, Urano, Netuno, Plutão e Zé Carlos. E isso ensinaria uma lição importante, tanto a Zé Carlos, como a todos os outros corpos celestes que andem a fugir com o rabo à seringa. A nossa mensagem seria: "É melhor que se apresentem, meus meninos, senão não há nomes prestigiantes para ninguém." Imaginem a vergonha que, daqui a uns anos, seriam notícias do tipo: "Sonda espacial da NASA acaba de aterrar na superfície de Zé Carlos", "Descobertas duas luas em Zé Carlos. Cientistas ponderam chamar-lhes Fanã e Quim" etc. Creio que todos os outros planetas que nos andam a fugir desde o Galileu até mudariam de órbita para passarem à frente do Hubble.

# CONTO DE NATAL

Era noite de Natal. Quase sempre, nos contos de Natal, é noite de Natal. Neste, curiosamente, também. Uma chuva fria teimava em cair, como que a dizer a quem passava na rua: "Então esta pluviosidade, hein? A natureza tem fenômenos legais."

A cidade estava já quase deserta, e era impossível que qualquer pessoa, por mais insensível que fosse, olhasse para as ruas vazias, com as iluminações a piscar e as vitrines enfeitadas, e não pensasse para si: "Que rica altura para fazer assaltos!" Pensando bem, não se compreende como é que os nossos meliantes não aproveitam melhor a noite de 24 de dezembro para furtar viaturas e domicílios. É uma dica de Natal que deixo aqui.

Na rua, havia apenas algumas pessoas que se apressavam, felizes, para chegar a suas casas a tempo da consoada, e outras que pareciam não ter para onde ir, pois tinham todo o aspecto de ser indivíduos desagradáveis, de quem ninguém gosta. Devia haver um sítio em que todas as pessoas que não são convidadas pelas suas famílias para a ceia de Natal pudessem passar a consoada. Um grande pavilhão com mesas corridas, em que as pessoas desagradáveis se pudessem reunir e fazer comentários acintosos umas sobre as outras. Haveria um porteiro que perguntaria a quem chegasse:

— É uma pessoa desagradável?

— Sou, sim.

— Então pode entrar.

— Obrigado. Mas olhe que a temperatura da sala podia estar mais quente e digo-lhe já que as postas de bacalhau me parecem muito fininhas.

Indiferente a tudo isto, Carlos dirigia-se para casa com alguns sacos de compras na mão. Foi quando dobrou a esquina que viu um vagabundo sentado num vão de escada. Carlos pensou: "Diacho, um vagabundo a pedir esmola na noite de 24 de dezembro. Estarei metido num conto de Natal? Não me dava jeito nenhum, porque estou com pressa."

— Uma esmola para um pobre velho — pediu o vagabundo quando Carlos se aproximou. Carlos levou a mão ao bolso e estendeu-lhe uma nota de 20 euros.

— O dinheiro é uma oferta simpática — disse o vagabundo. Mas... e o calor humano, jovem?

— Não vou querer, obrigado. Sabe, eu tenho namorada.

— Não é isso. Podes convidar-me para cear em tua casa?

Carlos olhou para o velho e teve pena. Teve pena de não ir mais vezes ao ginásio porque, se estivesse em melhor forma física, já teria largado a correr dali para fora. Ainda assim, achou que corria mais do que o vagabundo e aceitou convidá-lo para cear em sua casa. Assim que dobrasse a esquina, desataria a correr e, se não tropeçasse nos sacos, o velho nunca mais o apanharia.

No entanto, assim que Carlos o convidou para a consoada, o vagabundo ergueu-se, retirou a túnica e, flutuando no ar, disse:

— Ops... Tive uma tontura. Deve ter sido de me levantar tão depressa. Alguma quebra de tensão, ou assim.

E depois disse:

— Já estou melhor. Sou o teu Salvador. Aquele a quem tu ajudaste é, na verdade, o Messias.

— Ah, está boa. Bom, então muito prazer. Boa noite.

— Calma, bom homem. Não vás embora. Vou recompensar-te. Pede-me qualquer coisa. Terás tudo o que quiseres. Que desejas?

— Hum... Não estou a ver. Comprei na semana passada uns tênis e agora não há assim nada que eu queira. Adeus, boa noite.

— Espera aí, bom homem. Chega de modéstia. O que é que vai ser? Hum? Joias? Carros de luxo? Um palácio? O novo DVD do Gato Fedorento? Vamos, pede o que quiseres. Fizeste uma boa ação na noite de Natal e mereces tudo o que pedires ao teu Senhor.

— Ah. Bom. Sabe, é que eu sou ateu. Ou seja, não leve a mal, mas... como é que eu hei de dizer isto?... a verdade é que não acredito, digamos, em si. Pronto, boa noite.

— Mau, mas o que é isto? Não acreditas em mim? Então apareço-te na noite de Natal, faço o truque de me passar por vagabundo, flutuo no ar... o que é que queres mais, pá?

— Não, isso está bonito. Eu é que nunca gostei muito de magia. São feitios.

E foi então que Jesus perdeu a paciência e deu uma carga de pancada bíblica em Carlos. Primeiro, o Messias deu-lhe um chute nos rins e, depois, assentou-lhe dois bons socos no queixo. A seguir, praguejou umas coisas em hebraico e foi-se embora. Carlos caiu e, por momentos, o fiozinho de sangue que lhe escorria da boca, a caminho da sarjeta, tomou a forma de uma estrela que, sobre a calçada, ficou a brilhar.

Era noite de Natal!

# SOBRE O AUTOR

Ricardo Araújo Pereira nasceu em Lisboa, em 1974. É escritor, roteirista e apresentador de TV.

Assina uma crônica semanal na *Folha de S.Paulo* e na revista *Expresso*, de Lisboa. Em 2017, criou, com Gregorio Duvivier, o espetáculo *Um português e um brasileiro entram num bar*, que já foi levado diversas vezes a palcos brasileiros e portugueses.

Na TV portuguesa, apresenta o programa de política e humor *Isto é Gozar com Quem Trabalha* e participa do *Programa Cujo Nome Estamos Legalmente Impedidos de Dizer*, com Carlos Vaz Marques, Pedro Mexia e João Miguel Tavares. Entre 2008 e 2021, os quatro integraram a bancada do *Governo Sombra*.

Pela Tinta-da-China Brasil, publicou *A doença, o sofrimento e a morte engtram num bar — Uma espécie de manual de escrita humorística* (2017) e *Se não entenderes, eu conto de novo, pá* (2012). A Tinta-da-China portuguesa já publicou nove coletâneas de crônicas de sua autoria, além de editar um coleção de clássicos do humor sob sua coordenação.

Em 2003, formou com Miguel Góis, Zé Diogo Quintela e Tiago Dores o grupo Gato Fedorento, que revolucionou o humor e inspirou a criação do grupo brasileiro Porta dos Fundos.

É o sócio n. 12.049 do Sport Lisboa e Benfica.

Esta edição segue o Novo Acordo
Ortográfico da Língua Portuguesa

CAPA E PROJETO GRÁFICO Vera Tavares
DIAGRAMAÇÃO Isadora Bertholdo
ASSISTENTE EDITORIAL Ashiley Calvo
REVISÃO Luiza Gomyde e Isabel Cury
CONSULTORIA EDITORIAL Fabiana Roncoroni
PRODUÇÃO GRÁFICA Lilia Góes

Este livro reúne crônicas publicadas na revista *Visão*
e no jornal *Folha de S.Paulo* entre 2012 e 2022.

DADOS INTERNACIONAIS DE CATALOGAÇÃO
NA PUBLICAÇÃO (CIP) DE ACORDO COM ISBD

---

P436e    Pereira, Ricardo Araújo
        Estar vivo machuca: as melhores crônicas de Ricardo Araújo Pereira
        / Ricardo Araújo Pereira. - São Paulo : Tinta-da-China Brasil, 2022.
        256 p. ; 14 cm × 21cm.

        ISBN 978-65-84835-07-8

        1. Literatura portuguesa. 2. Crônicas. I. Titulo.

        2022-1730                  CDD 869
                                        CDU 821.134.3

---

Elaborado por Vagner Rodolfo da Silva - CRB-8/9410

ÍNDICES PARA CATÁLOGO SISTEMÁTICO

1. Literatura portuguesa 869
2. Literatura portuguesa 821.134.3

TODOS OS DIREITOS DESTA EDIÇÃO RESERVADOS À

Tinta-da-China Brasil/Associação Quatro Cinco Um

LARGO DO AROUCHE, 161 SL2 • REPÚBLICA • SÃO PAULO • SP • BRASIL
EDITORA@TINTADACHINA.COM.BR

EDIÇÃO APOIADA POR
DIREÇÃO-GERAL DO LIVRO E DAS BIBLIOTECAS/ MINISTÉRIO DA CULTURA – PORTUGAL/
INSTITUTO CAMÕES DA COOPERAÇÃO E DA LÍNGUA

*Estar vivo machuca* foi composto em Hoefler Text
e impresso em papel Pólen Soft 80g, na Ipsis,
em junho de 2022, nos dez anos de fundação da
Tinta-da-China Brasil por Bárbara Bulhosa.